失魂

鍾孟宏 著

目錄

自序

我記得這本小說是從今年過年前一個星期開始寫的，大概寫了五天左右就過年了。剛開始進行得非常順利，那時候還信誓旦旦地和身邊的人講：過完這個年，再給我兩個星期，小說大概就可以完成了。沒想到年過完以後，一回來所有事情都不是那麼一回事了。小說莫名其妙停下來了，雖然有千百種理由，因為工作、因為出國，但是心裡所想到最直接的原因是不知道怎麼寫下去了。那時候回頭看過年前寫的那些東西，就像看到一部不知所云的爛電影一樣，不忍卒睹，裡面充滿作者自以為是的囈語。為什麼短短一個過年改變會那麼大？

其實你問我我也不知道。

如果你堅持還要再問的話，唯一的想法就是太意識到自己要變成一個作家了吧。但發現自己根本不知道自己在幹什麼。

接下來，整個事情就停了。我想我完了！我真的扛不起作家這個稱號。

其實，在寫這本小說的時候，它的電影已經剪完了，故事理所當然也很完整了，唯一要做的就是一字一句把它寫下來。當初談定這個工作的時候，覺得這不是什麼大不了的事情，那不是跟你平時寫劇本一樣嗎？後來才發現劇本和小說真的完全是兩回事。

這樣說好了，如果劇本和小說同時要講酷斯拉的話，電影劇本中的酷斯拉，只要套著怪獸衣就可以上街去嚇人了。但是小說中的酷斯拉卻是要用做翠玉白菜的工法，把它一點一點雕出來的。

請問，如何用翠玉白菜的工法雕出酷斯拉呢？

過完年後，我重新看這個酷斯拉的時候，我發現我還是用那種套著怪獸衣的方式在琢磨它，而且這個怪獸還挺文青的，一副很憂鬱的樣子，看到它真的是很令人悲傷。

最後小說還是在六月份的時候完稿了，雖然我沒有在故宮博物院看過翠玉白菜，但那一字一句的爬行讓我見識到作家的職業真不是人幹的。

我是個不會用電腦打字的人，雖然常有人笑我是電腦科系畢業的。整個小說書寫的過程就是有那麼一個人，坐在旁邊聽著我講出來的東西，一字一字敲進電腦裡。真的非常辛苦了王盼雲小姐，常常她就這麼坐在我旁邊，看著宛如失憶的我，一個字也講不出來。也非常感謝王俞心小姐，當初的電影劇本也是用這種方式書寫出來的。當然還是要感謝時報的主編嘉世強先生，他用非常包容的方式和一個不成熟的「作家」合作。當然還要感謝的人很多，在這裡我就不一一細數了。

零

事情的開始似乎沒有一個真正的起頭，硬要找出一個的話，那就是發生在幾天前，阿川的一場夢。

夢裡面他在一個城市外圍的河堤邊醒來，那是一個接近黃昏的時刻，醒來後他發現，這個地方有幾個人或坐或臥地身處在他的四周。

到底這些人在幹嘛，真的不是很清楚，有些人好像在睡覺，有些人在恍惚，有些人好像在打牌，他們安安靜靜的，似乎在等一班誤點了很久的公車。

阿川起身走出河堤外，河堤外空無一人，他就這麼獨自走著，看似漫無目的。

途中他經過了一家小麵攤，他坐下來隨隨便便點了一碗。吃完後，起身正要離開時，他看到桌上有一只空碗，他突然忘記了這是別人吃完留下的還是他自己吃完的，也就是說他突然忘記了他是剛進來麵店正要坐下還是吃完了正要離開麵店，他沒有把握，而且舌頭也沒有透露任何訊息給他。最後他還是離開了，老闆沒追出來向他要錢，所以他很確信他是剛進來麵店，在坐下來時發現他不想吃麵了。

阿川繼續走著，天色暗得非常快，好像是拉了一塊黑布，夜就突然來了一樣。

在幽幽暗暗的路上，阿川非常熟悉每個轉彎，突然間他停下來，摸索著口袋。可能是在路上掉落了或是忘了帶出門，身上的打火機和香菸怎麼找也找不到，他看了四周，所有的店都關了。他繼續往回家的路上走，那是一棟四層樓的公寓，位於一條很擁擠的巷道裡，樓下鐵門已經被拆掉了，他爬上樓梯進了公寓，直接進到房間，他發現他的床上躺了一個人，他看到床上的人身體朝內，一副熟睡的樣子，他正在納悶為什麼有人躺在他的床上，他把他叫醒。

阿川醒來了，他醒來後坐在床沿，不知道經過多少時間，他就這麼坐著。

一直到天亮，他看到晨光鑽過牆上一個從沒被注意過的裂縫，稜形光在裂縫上旋轉，阿川看著它一直在轉動。

一

對他的同事而言，阿川似乎沒有任何改變。

阿川在這裡工作五、六年了，算是他的第二份工作。平常的他就是一個安靜不多話的人，你和他交代事情，他就是點個頭表示他了解了，頂多再問一兩句話來確定不是很了解的地方。你講笑話給他聽，他笑得很淺，似乎是一個很冷漠的人。和他說話好像就是把話語投到空氣裡面，沒有任何聲響地就被吸走了。

這兩、三天阿川變了，他變得更安靜，你和他講話，他就是看著你，有時候，你甚至會在他看著你的過程中，想把他叫醒，同事也沒有多想什麼。上班時間是一個非常忙碌的時刻，人來來往往，餐廳的用餐區就是一個吧台，圍繞著前台的兩、三個廚師，前台的廚師除了把大塊的生魚肉切片之外，還做一些燒烤工作。

通常會來這種餐廳的人，大多數就是為了享受一種儀式，廚師在遞上餐點的時候，是用一個類似船槳的容器將食物遞給顧客，顧客也要行禮如儀地站起來接受它。這種花錢的方式，讓顧客發現自己是一個文明人，東西好吃不好吃那就不知道了。阿川就在隔著吧台的一道牆後面工作，處理魚類、貝類，以及一些不知道從什麼海洋撈過來的東西。每天他都不知道殺了多少隻魚，從活生生的剖開，到把內臟掏出來，再洗乾淨。吧台與他中間的牆上開了一個小洞，前後台的廚師就是從這個地方來傳遞食材及料理。要不是有一位客人提起他的烤魚為什麼那麼久還沒送到，前台的廚師絲毫不會注意到阿川站在後面恍神的樣子，廚師把身體穿過牆上的洞看著阿川。

「阿川你還好吧？」

阿川露出一個很難得的笑容，那是個非常無辜的笑容，就像是一個平常不聰明的小孩突然被鑑定出來智商有一百八。

廚師看了他一眼，交代兩句話叫阿川快一點，把菜趕一趕，沒多久，吧台後傳來東西跌落在地悶悶的聲音。廚師轉頭從洞口看過去，阿川不見了，唯一留下來的是砧板上一條非常仙風道骨的魚，只剩下魚頭及橫向的骨頭，就像是常常在漫畫裡面要餵給貓咪吃的魚骨頭。雖然整條魚身都沒了，但是鰓及骨頭的部分還是微微地抽動著。

阿川躺在地上，那個重重的聲音就是他摔下來的聲音。

二

急診室的醫生狀似憂鬱，對家屬而言，把病人交到他手上，好像隨時會講出病人已經回天乏術的話。醫生非常仔細地檢查阿川的各部位，胸腔、腹部，甚至幫他轉個身，摸一些大家不了解的地方，最後他拉著阿川的腳做一些彎曲動作，他把聽診器從頭上拿下來，宛如一條時髦的圍巾般披掛在他的脖子上，他深鎖著眉頭，看著阿川，醫生隨口問了一些話，有嘔吐嗎？或是睡得還好嗎？阿川的兩個同事站在一旁不知所以然地搖搖頭。

「看來都沒什麼問題耶，還是留下來觀察好了，可能要和精神科醫生會診，我覺得有可能是憂鬱症。」醫生用非常平和的聲音講道。

不知道是什麼時候開始，一隻蜻蜓飛進了急診室，牠一直想往窗外飛出去，但是不斷地被窗戶上的玻璃彈回來，來來回回碰撞了幾次，蜻蜓想往另外一個地方尋求突破，最後在房間的另外一個角落，栽落在一個檯面上，蜻蜓不停地想飛起來但又不停地栽落，最後頭頂著桌面不斷旋轉，好像直升機快墜落前失去了方向感，不斷地繞圈圈。

醫院大概到十二點以後人潮才緩下來，除了偶爾幾個被救護車送進來的人以外，該就定位的人都已經就定位了，睡覺的、聊天的，甚至醫生護士間無盡的綿綿細語。

深夜裡急診室中，不知從何處傳來永不間斷、無法數拍子的低頻聲。

不知為什麼，也不知在什麼時候，阿川連人帶床被推到急診室的走廊，和另外兩張空床孤伶伶地放置在長長的迴廊角落。

一個聲音突然間悠悠遠遠地進來，好像是從很遠的地方飄進來的，一個小孩的聲音一直在叫著叔叔，半睡半醒的阿川睜開眼，回過頭看著聲音的方向，那是一張很奇怪的臉，好像是把眼睛和鼻子畫在肚皮上，肚臍的地方還掛著口罩。

「叔叔你怎麼在這裡？你沒有房間嗎？」

阿川躺著，因為視角的關係，他看到的影像是倒過來的。小孩子似乎也看出阿川的疑惑，他把臉半倒過來看著阿川，因為小孩這個調皮的動作，在他昏昏沉沉的世界裡，終於在小孩的臉上找到了相關位置。小孩子頭上戴著一頂鬆鬆的棒球帽，稀疏的頭髮從帽簷裡伸出來，從他頭髮的樣子可以辨識出他是個受病痛折磨很久的小朋友，兩隻沒有眉毛的眼睛看著阿川，靈活地轉著，雖然整張臉有三分之二被口罩覆蓋著，但那是一個意志非常堅定的小朋友，他可能知道他再過不久會離開了，或許他已經離開了也說不定。

小孩子繼續說：

「沒關係，過兩天我的房間就空出來了，到時候你還沒有病房的話，可以去住我那間。」

小孩說完就離開了，阿川試圖想起身看著小孩離去，但是他沒辦法，他感覺到小孩子已經走了，而且他在講最後面幾句話的時候就已經走了，就像他來的時候那麼突然。

三

隔天，阿川的同事急著幫他辦出院。之前那兩位同事回去後向老闆報備阿川的狀況，老闆聽到精神科醫師，馬上就嚇到禮義廉恥全拋到腦後了，他火速地要求公司員工，盡快將阿川送回中部山上老家。

對阿川的同事而言，這是一趟非常值得期待的旅行，他們將會穿過漂亮的蘭陽平原，然後沿著東北季風的路線一路往中部的山上走去，更令人興奮的是送完阿川隔天，老闆給他們一整天的假，頓時每個人都好像變成阿川的好朋友，紛紛以憂愁的面容自告奮勇要送阿川。他們一大早就將阿川從醫院帶走，他們把阿川放上一台十年前原本是紅色的小轎車裡面，但是經過歲月的磨難，整輛車變成非常淫蕩的粉紅色，而且是一種年華老去又不加以節制的偏暗的粉紅色。

阿川平躺在副駕駛座上，後座塞了兩個人，其中一個是中等身材，另外一個是捲毛的胖子。前面開車的算是老闆的心腹吧，他是那種可以和老闆交心，回來時忠實地回報事情處理狀況的人；又可以在外面堅定地捍衛公司的權益，算是那種念私立大學法律系但是沒有念好、考不到執照，只好改行做餐飲的人。車子剛駛離台北的時候，每個人都非常肅穆地邁向這個旅程，阿川躺在椅子上看著慢慢離他而去的城市，他看著樹木和建築不斷地往後退。

車子很快地駛向高速公路，竄向蘭陽平原，沿途平坦遼闊的風景紓解了車上的擁擠，最後車子開向山路，彎彎曲曲地上坡下坡，慢慢地，坐在後座的捲毛胖子屁股終於忍不住了，似乎想從不斷的挪動中找到最舒服的位置。他抱怨了：

「幹，阿川出事情了，老闆也不會派一輛比較大的車子送阿川回家，全部人擠在一台小車，搖來晃去的跟坐船一樣，我們是還可以受得了，但是以現在阿川身體的狀況，實在是對他很不好。」

前座的老闆心腹，漠然地開著車，他從後視鏡看著這個胖子。當初老闆說用他的車子來載阿川回去，已經夠讓他不爽了，現在後面載個胖子，感覺好像載了一噸重的鐵塊一樣壓在車子後方。

「本來送阿川回來只要兩個人就夠了，你就是硬要擠進來，說什麼你很捨不得，要看著阿川回來，還說台北很悶想出來透透氣，你還說什麼送完阿川要帶我們去台中看女人脫光光爬蜘蛛網，幹你娘蜘蛛網都還沒看到，你就在這邊機機歪歪。」

捲毛胖子被說了一頓，他假裝看著窗外的風景，一副不想聽的樣子。

四

「事情怎麼開始的？」

王先生終於問出了大家心中的疑問，一個從來也沒有人討論過的疑問，老闆的心腹吞吞吐吐地，似乎想從這些吞吐裡面，結結巴巴地找出事情的脈絡。

「阿……阿川在工作的時候就突然暈倒了。」

「之前發生過什麼事嗎？」

「嗯……沒有，他就是突然變得很安靜。」

「安靜……你難道不知道你這個同事是很安靜的人嗎？」

王先生的語氣帶有一種陳年的酸菜味。

阿川被送回家的時候，家裡除了爸爸以外，姊姊也回來了，她是為了阿川的事情回來的，早上她接到爸爸的電話說阿川生病了，下午會被送回家，她急急忙忙地就趕回來了，她站在爸爸旁邊看著坐在床上的弟弟，她已經有很長的一段時間沒看到阿川了，到底是三年還是五年她都已經不記得了，阿川和那位捲毛的同事一起坐在床上，她看到床沿被兩人坐得已經呈現弧線狀了，胖胖的捲毛先生坐在阿川旁邊，看著手錶，對室內的物品東張西望，有時候甚至還拍打著腳上飛來的蚊蠅。

老闆的心腹突然又想到一件事情，頓時姊姊的注意力轉向了這位說話的先生，「不過之前他的室友提到，有天晚上阿川在他的房間發出一些很奇怪的聲音。」

這位老闆的心腹果然非常了解人情世故，他一拋出這句話，爸爸和姊姊的表情馬上就變了，一切的罪責，馬上就脫離了公司的範圍，他們屏息聽著，老闆的心腹也故意在思考著要不要把這些話講出來，彷彿阿川做過非常見不得人的事情，只要一說出來就會造成家庭失和、父子斷絕關係。同事又說道：

「有一天很晚了，阿川房間裡發出了很奇怪的聲音，好像在敲打什麼東西一樣。」

「剛開始的時候，大家不以為意，以為是隔壁鄰居在敲打什麼東西，後來聲音一直持續，而且好像是從阿川的房間傳出來，室友出來敲阿川的房門，沒有回應，後來把門打開，發現阿川在用拳頭打著自己的頭。」

老闆的心腹講述拳頭在打頭的時候，還表演動作顯示拳頭和頭是如何相逢的。

排山倒海的尷尬頓時掛在王先生臉上，對這位晚年得子的老先生而言，他窮盡一輩子努力好像就是為了把尷尬寫在臉上，他轉過頭看著自己的女兒，似乎也想把尷尬兩個字分享給她。

老闆的心腹看著王先生的表情，覺得應該要乘勝追擊一下。

「阿川一直打一直打，旁邊的人叫他他也沒反應，室友拉住他的手，後來他才停下來。這種事情持續了好幾天，也有反應給公司，後來他在工作的時候昏倒了，我們也送到醫院掛了急診，老闆還是不放心，他覺得我們還是盡快把阿川送回來，由家人來照顧會比較妥當。」

王先生頓時掀開了他萬年的酸菜桶：

「你們老闆人真的很好，事情一發生就立刻把人送回來了。」

老闆的心腹雙手不斷地搓揉著，露出了一個近四十歲才有第一次初戀的表情。

「哪裡，這是我們應該要做的。」

王先生恨不得把阿川的同事全部踢出去，他臉色鐵青地走了出去，阿川的姊姊在後面很勉為其難地要留阿川的同事下來吃晚飯，他們看到王先生的臉色這麼凝重，再加上這麼晚了台中的盤絲洞也開始要營業了，他們深怕錯過蜘蛛精出來咬人的時間，大師兄馬上帶著兩個師弟，連忙滾下山了。

阿川家在一座很偏遠的山上，離開主要幹道後還要開一陣子的路，才能到達他們家，過程中彎彎曲曲的小路不斷地分岔，不知道路的人來到這裡是非常容易迷路的。停好車後，一個坡接著一個坡地往下走，最後再下一個接近四十度的陡坡就是他們家了；有不少人在最後一個坡的地方摔倒直接滾進王先生家裡。他家屋外就是一片果園，離主屋不遠的地方還有一間小茅草屋，裡面停放了一台軌道車，旁邊是他們燒洗澡水的地方。雖然已經是二十一世紀了，熱水器在他們家還是看不到，王先生家還是用柴火燒水，水熱了以後再挑進去浴室裡面。

那幾個瘟神走了以後，王先生開始燒洗澡水，女兒在一旁幫忙，由於木材不夠乾燥就被丟到火爐裡面，整個濃煙彌漫，父女兩人被煙嗆得兩眼通紅。

天已經暗下來了，遠方的路燈非常不情願地在霧裡面掙扎著亮了起來。

「妳打算在山上待多久？」

「最少待個兩、三天吧，再看看阿川的狀況怎麼樣。」

「家裡沒關係嗎？」

「沒關係。」女兒非常堅毅地，連思考都不用思考，就這麼說了。

這位名叫小芸的女子是王先生的女兒，也就是阿川的姊姊，她是一個從小就知道怎麼照顧家庭的女孩。在七、八年前阿川離開家到外地工作以後，沒多久小芸就認識了她現在的先生，小芸非常喜歡這個男人，也覺得他非常牢靠，但是在王先生的眼裡這人卻是一個沒有什麼出息的小生意人，包個小工程賺點小錢，喜歡在外面東搞西搞但是沒什麼出頭。這幾年他們的婚姻上有一堆數不完的問題，不知道從什麼時候開始，這位曾經是大方開朗的女子，臉上總是有一種沒有洗乾淨的睡顏。

父女兩人被柴火燃燒的煙圍繞著，遠遠看去就像兩個不食人間煙火的神仙眺望著遠山。

王先生繼續問：「大寶最近生意怎樣？」

「應該還好吧。」

王先生看著女兒現在的狀況實在有種說不出的苦楚，但是這能怪誰呢？從來沒有人逼她要嫁給這個王八蛋，女兒嫁出去以後，回來的時候都是一個人回來，只有在過年的時候，才會兩個人一起回來，但是吃完年夜飯後，女婿往往就說台北有事要先走了。老先生肚子裡有一股氣，礙著女兒的面子就把這股氣吞下去了。他有時候心裡想，乾脆趁著過年把這女婿宰了，丟到深山裡面，女兒就留下來陪他過日子，至少應該不會過得比現在差吧，但就只是想一想而已。每次看到女婿回來，很心虛地叫了一聲爸，他也還是要點頭作聲，深怕壞了夫婦倆的感情。

小芸很快地收起落寞，不知道從哪裡撿來一個很稀薄的笑容，而且在瞬間就把這個稀薄的笑容放大。

「爸，我們好像很久沒有這樣聚在一起了。」

王先生也非常勉強地掛上一個談不上慈愛的笑臉，好像是兩個愁苦的人在舉辦笑容競賽一樣。

「這幾年你弟弟也真的很少回來，甚至過年也不回來；回來的時候看到他，有時候還蠻尷尬的。」

五

王家的廚房大概是一個完全被歲月摧毀的地方，滿布油煙，鍋碗隨意放置，尤其那些炒鍋，上面結了很多深顏色的東西，像一個被棄置的老女人一樣，任由歲月的痕跡黏結在她臉上。任何人進到這小空間裡面，第一件事情就是想馬上離開吧，但是小芸在廚房裡非常細心地攪拌，試圖想用一根湯匙熬出米飯的菁華，爐子旁有一扇非常小的窗戶，戶外的光線透過這一個小小的入口進來，從鍋子裡面冒出的熱氣在這個光線之下聚集、消散。

「川，起來吃東西了，你回來到現在已經快兩天了，都沒有吃東西。」

小芸很細心地不斷拌攪著碗上的熱粥，試圖弄出一個最好的溫度，她沒有認真看著弟弟，大部分的時間，她都看著手上的熱粥。等到她把眼神轉向弟弟的時候，她發現弟一動也不動。

在小芸的記憶裡，小時候每天早上叫阿川起床，阿川總是會賴床，假裝動也不動，有時候她會過去弄弄他、戳戳他，甚至把被子掀起來。但是現在她頓時覺得眼前躺著的是一個陌生人，她甚至不敢用手去輕輕搖他，她用像蚊蠅般的聲音叫著阿川，阿川動了，感覺像裝死很久的蟑螂微微動了一下，想試探追殺牠的人類到底離開了沒。

姊姊再補了一句。

「阿川，起來吃東西囉。」

阿川緩緩地轉過頭來，透過蚊帳，阿川已經不再像之前被送回來時，整天低頭無力的樣子，他的眼睛裡發出一種非常奇怪的神采，他直直地盯著你，感覺到瞬間他可以把你撕成兩半，然後自這個世界消失。

姊姊手握著湯匙拿著碗，動也不敢動。頓時她很想離開這個房間，她緩緩地走向餐桌把手上的東西放在桌上，在離開阿川的過程中，她似乎感覺到阿川還在繼續盯著她看，用一種完全無聲的方式在看著她。

阿川自從被送回來之後，就睡在客廳的一個角落。王家的房子格局很簡單，像半個籃球場大的空間裡面有堆積如山的不知名物品，箱子、籃子，衣服到處掛著，乾的、濕的、髒的、乾淨的。整個房子的最裡面另外隔了一個很小的房間，靠近廚房的地方擺了一張床，門口的旁邊也擺了同樣的一張單人床，這兩張床原來應該是上下鋪，最後不知名的原因被拆散了。阿川睡在靠近門口的地方，門口的旁邊還有一個樓梯通往閣樓，裡面堆積著數十年來一輩子不會再拿出來用的東西。

晚上爸爸回來的時候，姊姊沒有把這件事告訴他。以目前的狀況而言，同處在一間屋子裡面，她真的無法啟齒告訴爸爸這件事，雖然阿川還是躺在床上，維持原來的姿勢，但是她深怕阿川會聽到任何的隻字片語。

小芸回來第一天睡得渾渾噩噩的，今天是第二天，照理來講應該會很容易睡著，但是現在她卻是兩眼睜著，好像在等待著什麼事情發生。剛開始的時候，她聽到細微的腳步聲，那是一雙沒有穿鞋子的腳緩緩踩著地板而過的聲音。她的第一個反應是：這麼晚了還有誰會來？接著她聽到開冰箱門的聲音，然後一些鍋子和蓋子相碰的聲音，發出這個聲音的人完全沒有刻意去掩飾音量。沒多久，她聽到有東西往嘴巴裡面塞的咀嚼聲，而且是大口的，甚至因為吃得過於急促而咳嗽。她輕聲地坐起來，連拖鞋都沒穿就輕輕地走出房間。她感覺到自己像是一個忘記搭上太空船的太空人，望著已經遠去的同伴，如此的無助。她走向前，看見爸爸正沉睡著。

她看見阿川的背影埋首在一個鍋子裡，從他嘴角發出的聲音，阿川應該是在吃那鍋放在冰箱裡的冷稀飯，像糨糊一樣結塊的冷稀飯，他拿著湯匙挖著大口地送進嘴去，好像在吞一些沒骨頭的生物，滑了兩聲，進入他深不見底的腸胃。姊姊靜靜站著，在她的記憶裡面從來沒有一個東西讓她這麼害怕，她被鎖住了，動也不能動，突然阿川停下來，背後好像有感應器一樣感受到背後的東西，姊姊連忙躲在門後面，所有的聲音都停止了，不知道經過了多少時刻，姊姊從門後探頭出來的時候，阿川突然轉頭往前走，姊姊在門後不敢吭聲，阿川滿嘴的東西，咀嚼著。他沒有做任何眼神上的探索，沒有追出來，也沒有繼續查看，姊姊就像一隻無辜的小動物一樣，躲在牆角，動也不敢動。

六

一大早，小芸就跟著爸爸出門了。昨天晚上的事情到底是怎麼結束的，事實上已經不重要了。弟弟回去床上睡覺以後，姊姊還是沒辦法平復，她躲進房間，似乎只有睜著眼的感覺才能讓她掌握那個恐懼，她記得以前媽媽生病在醫院的時候，她一直都很害怕睡覺，因為她害怕醒來的時候媽媽已經不在了。她很怕在睡覺中失去了意識，一醒來，世界不再是她想像的那個樣子了。

王先生的工作分為兩個區塊，住家附近的果園，混合著水蜜桃和蘋果一起栽種，另外一個是坐單軌車十分鐘車程的一座山林裡面的蘭花園，這個蘭花園是在很意外的情況下，一個城裡面的人選中了一處森林，委託他種植蘭花，並且經營管理。整個蘭花園的搭建和硬體設施，包括園內的小屋都是對方出錢。幾年前，因為體力的關係，他沒有辦法繼續負擔果園的體力活，他把果園包給附近的鄰居，從施肥、採收、噴藥，都由鄰居一手包辦，每年他以收成的百分之十、百分之二十來收取租金。

現在的他，唯一的工作是每天蘭花園的往返，蘭花園存在的時間和阿川的年紀差不多。曾經上蘭花園的路有一條產業道路和山裡面的幹道相連，為了避免不相干的人上來蘭花園，當初他們建蘭花園的時候刻意讓這個產業道路崩壞掉，幾年下來已經荒草漫漫，如果你想爬上這塊林地，可能就要走過一片荒草漫漫的窄小路面。對很多人而言，路上可能有數不完的害人小生物躲藏在裡面，如果要用交通工具上來的話，更是不可能。

王先生蓋了軌道，從家門口直接拉上山，承包這條軌道的人做到都快翻臉了，軌道沿著山的邊緣走著，似乎可以媲美經國先生所籌畫的十大建設裡的東西橫貫公路。雖然當初建這條軌道的時候沒有人傷亡，但是也讓很多人吃足了苦頭。單軌車從家裡出發以後先上一個非常陡的坡，往森林裡前進，整個軌道沿著斜坡建造，窄窄的路無法容許兩人同時錯身，軌道非常堅固地附著在山腰上。這個車子行走在山上的時候，遠遠看是非常危險的，但是坐上去你只要緊緊抓住欄杆，就不會感覺任何的危險性，車子是靠輪子與軌道間的齒輪咬合而行進的，車子被煞住時，輪子會瞬間鎖死在軌道上，不會因為車子失去動力而變成雲霄飛車一路往下滑。單軌車的馬力不大，靠著一顆小引擎，吃柴油，緩緩地在軌道上行進。

軌道車先穿過一片森林，彎彎曲曲的高高低低的，有時候坡度甚至將近七十度或八十度，十分鐘後穿過森林，來到一片廣闊的坡地，沒多久就到了終點站，終點站蓋在森林的入口，一個小棚子，好像真的是一個車站的終點站一樣，下車，轉個彎，就直接進到森林了，蘭花園剛好在森林的正中央，旁邊還連結了一棟小木屋，沒有幾個人來過這裡，除了王先生的家人，還有當初蘭花園的投資者，這幾年來，也不見投資人過來了，主要原因是七、八年前投資者過世了，他的兒女也不把這投資當一回事，彼此間已經沒有來往了。

王先生的生活非常依賴這個蘭花園，一輩子的顛簸飄離，這兒才是他人生的歸屬，在這裡就不用再感懷王先生人生的過去了，家鄉在哪裡？怎麼到這裡的？常常我們會說過去是個大時代，但是哪有什麼大時代，都是微小的人活在一個痛苦的世界，任人宰割。

姊姊跟著父親的腳步亦步亦趨地往蘭花園走去，由於蘭花盛開的季節還沒到，所以每天固定的時間，王先生都會啟動園內的灑水器，霧狀的水氣充滿了整個園內，兩人換上雨衣，走進蘭花園。

父女倆在園內淋著雨，搬動著蘭花盆，他們把長得比較不好的蘭花集中在一起，順便也修剪一些枯萎的枝葉。

「這邊沒什麼好幫忙的，待會弄完這邊妳就早點回去吧，順便看一下妳弟弟醒來了沒。」

「爸，你知道弟弟昨天晚上起來吃東西嗎？」

「是嗎？那很好啊。」

「他把冰箱的整鍋冷稀飯都吃掉了。」姊姊一副氣急攻心的樣子。

「為什麼吃冷稀飯？」

「昨天半夜我聽到廚房有聲音，我起床走向前看，看到弟弟就站在廚房的角落吃著整鍋的冷稀飯。」

「妳沒有過去幫他熱一下嗎？」

「我沒有走過去。」

兩人突然停在那邊，手上的事情也沒做了，突然間，姊姊冒出一句話。

「爸！」

王先生的魂魄好像不知道出巡到哪裡去了，姊姊連叫了兩聲以後他才回過神來。

「我覺得弟弟怪怪的。」

「為什麼怪怪的？」

王先生非常口齒不清地發出「怪怪」這兩個字，那兩個字發出的方式好像是沒有第四聲的樣子，聽起來像是「乖乖的」，像是老外在用英文腔說中文，「為什麼乖乖的？」可能的原因是因為之前生過病讓他沒辦法咬字很清楚。

「他已經回來兩、三天了，我煮東西他都不吃，整天就躺在床上，結果半夜的時候爬起來找東西吃，那不是很怪嗎？更何況是吃冰的冷稀飯。」小芸似乎沒有察覺到父親的不悅，她連珠砲似地並加上火箭筒的速度講著。

王先生把手上的蘭花往檯面上一丟。

「你就這麼一個弟弟而已，千萬不要說他怪怪的。」王先生這次以非常冷靜的方式，非常清楚、緩緩地講出來，包括「怪怪的」三個字。

「妳先回去吧，行李收一收，多陪一下妳弟，你們下次見面也不知道是什麼時候了。」

父親丟下手中的蘭花就離開了，小芸看著父親的背影，這時候的她，宛如被一個最親近的人所擊倒一般。記得小時候寫作文的時候，老師要求他們寫出爸爸的背影，每個人都在寫爸爸辛苦工作的背影、拿鋤頭的背影、扶奶奶的背影、牽兒子的背影，她發現她的人生就像是一個謊言一樣，那種謊言是她到人生的盡頭她才恍然大悟。

回家前，她駐足在單軌車的終點站，她回望著森林裡面的蘭花園，沒多久她開始走下山，這趟路是她第一次用走的下山回家。以前爸爸總是不讓他們獨自上山下山，深怕發生意外，但是這次她真的一個人走下山，下坡的路非常不好走，尤其陡坡，之前又剛下過雨，沿路濕滑，幸虧一條這麼長的路讓她在人生的最後階段獨自地緩緩走著，讓她重溫這幾十年的歲月。當然她也不知道這是她走的最後一段路了。

在經過一個轉彎處，她停下來，摘了一束葉子，葉子非常小，微微的殷紅色，她停下來遠望著山景。

七

山上的風彷彿藏在袖子裡的一把匕首，縱使在艷陽高照的四月天，也會冷不防地伸出袖口刺你一刀。下午時分，當風把這寒氣帶上來以後，天就會很快黑下來了。

阿川手上轉動著一束血紅色的小葉子，那是之前姊姊回來的時候所摘下來的，他滿手的鮮血，臉上也微微濺著一些血跡，他看著手上構造奇妙的小植物，東轉西轉，似乎想從裡面得到人生的啟發。

沒多久他把樹葉丟在地上，剛好就是姊姊滿身鮮血所躺的位置。

姊姊的屍體面朝下倒在離阿川床前半公尺的地方，頭在陰暗處，胸部以下剛好露在太陽射進房間的餘光中，滿地都是鮮血，灰白色的小碎花上衣還不斷的有血液滲出。

阿川脫下了上衣，進到浴室。在山上初春的季節裡，天氣還是有點寒意，他用冷水沖著身體，一瓢一瓢的水不斷往身體倒去，他的身體裡面好像有個火爐般，沖在身上的水變成水蒸氣慢慢地冒上來，阿川整個身體在冒煙，絲毫沒有半絲冷意。他走出浴室，隨手拿起了掛在室內的兩件衣服穿了起來。

他站在房子的中央，四處看著，他沒有把目光放在屍體的方向，他四處走著，每樣東西都好像是初次見面的樣子，他發現靠餐桌的牆上掛了非常多相框，每一個相框裡面都放了照片，這是非常鄉下傳統的擺設，對以前的人而言，把小孩得過的獎狀、家庭生活的點點滴滴、小孩子每個階段的成長，總是掛在牆上不吝惜地和人分享，阿川注意到裡面有個小孩子的照片，那時候是剛生出來被一個女人所抱著，旁邊站著一個小女孩，另外一邊站著一個中年男子。後來他又看到那中年男子不同時期的照片，每個年紀不是抱著那個逐漸長大的小男生，就是牽著他。他慢慢地搜尋過去，發現那個小男生在一定的歲數後就消失在照片中。如果照片是家庭記憶的話，這個家庭的記憶在那個小男生約莫上小學的階段後就沒有了。

他完全醒過來了，就在這月亮已上升在半空中，太陽的餘光還未消逝的時刻。

八

老先生往回家的路上走著，當初在蘭花園小屋的時候，他遠遠望著女兒離去，心中有百般的不捨，本想送女兒一程，他錯過了這個時間。王先生心裡還是希望著女兒並沒有離開，也許這個時候她已經把飯菜弄好了，阿川也醒來了，也許就是今晚，三個人可以一起吃個飯，雖然場面會有點尷尬，但是大家可以一起坐下來。王先生快步走著，心裡面還是有數不完的疙瘩。

王先生走在路上，太陽的餘光非常晴朗，讓整個山上的空氣變得非常通透，但是莫名地，突然下起雨來了，這種雨是屬於地區性的陣雨，雨跟著王先生一直下到家裡來。

大門沒鎖，王先生正犯著嘀咕。因為住在山裡面，房子大門等於是一個重要的屏障物，常常一些山裡面的小動物，或是一些令人不愉快的蒼蠅蚊子，一點都不客氣地進進出出。他關上門的時候還特別用了力，似乎要提醒裡面的人進出的時候，要把大門關起來。

一轉頭王先生什麼都沒看到，只看到地上躺了一個女子，瞬間一條尖如細針的冷汗沿著背脊，直刺王先生腦門，他看到阿川低著頭，一副不太想和他打招呼的樣子。

王先生小聲地用一種懷疑的憤怒說：

「這到底是怎麼一回事？」

阿川冷冷地看著他，不知道為什麼這個老先生這麼生氣。

「她想害我。」阿川輕描淡寫地說。

「她是你姊姊。」

王先生大聲地罵了出來。

「我不知道她是誰。」

阿川冷冷地望著王先生，只覺得這個老先生在開玩笑一樣。

王先生看著兒子的眼神，終於了解，小芸所說的弟弟「怪怪的」。他發現這個「怪怪的」已經不再是一種諷刺，或是瞧不起自己家人的感覺，而是充滿了威脅。王先生什麼事沒有經歷過、什麼人沒有碰過，但是看著自己的兒子這樣，一把利刃深深地往他心裡面刺過去。

王先生對最熟悉的人說了一句非常陌生的話。

「你是誰？」王先生很鎮定地問。

「我還想問你是誰。」阿川有些不耐煩。

「你為什麼會在這裡？」

「我看見這身體空著我就住進來了。」

「阿川呢？阿川去哪裡了？」

「他說他出去幾天，過一陣子才會回來。」

「你有遇到他嗎？」

「有啊。在他離開的時候。」

兩個人來來回回，沒有停頓地，好像第六感生死戀一樣，人鬼之間在談論著離別至今的思念一樣。

如果我們把身體比喻成一間房子的話，住在房子裡面的人，他們會死守著房子一輩子，即使房子舊了、漏水了、坍塌了，他們也是不離不棄，最後和這間房子一起煙消雲散。但是對於阿川這間房子而言，阿川的身體好像住進了另外一個人，早先的時候在醫院或被送回來的過程，那時候住在阿川身體裡面的房客，好像剛辦完退房手續一樣，這段時間內，這是一個沒有人管理的房子，這時候你去敲這間房子的門，沒有人會回應。現在新房客進來了，阿川的擁有者是一個全新的人，剛開始的時候，他會很謹慎地去面對一些事情，很快地，他會用他的方式來判斷、來區分你是敵人或是未來的朋友，這種判斷無法用世俗的善惡標準，很多時候是一種幻象，一種在睜眼閉眼之間隨時會改變的幻象。

眼前這個人是一個聰明、腦筋動得非常快的年輕人，相較於以前悶悶的、土土的阿川，這個年輕人對王先生而言，比較像是他理想中的兒子。

「在哪裡遇到的？」王先生似乎想和這個年輕人裝熟，繼續沒話找話說。

「在路上。」阿川冷笑著，似乎對這個問題的愚蠢程度充滿了不屑。

「在路上。」王先生喃喃地重複念著這三個字，不斷地念著，眼睛不斷地上下左右轉著，好像是輸入了這三個關鍵字以後，電腦突然當機了一樣。

一陣短而急促的敲門聲，突然讓這台電腦恢復了正常運作，但是也沒有很正常，只不過王先生動了起來，這真是一個很荒謬的時間點，在還未釐清整個事情的原由之前，不知道哪個瘟神，突然敲起了門。

鄉下人拜訪鄰居是不會分什麼吃飯時間、睡覺時間，或是家裡有沒有死人的，非常隨興，一點芝麻大的小事就要彼此分享，順便喝個茶也好，如果可以再吃個午飯或晚飯的話，那就真的是賺到了。

王先生聽到敲門聲，第一個反應就是想把自己藏起來，感覺到好像是自己做錯了事，警察要進來抓他一樣。他先爬上閣樓，上了一個台階之後，發現不對，轉身又往房間內走去，阿川看著眼前的老先生來來回回地走著。

他發現該藏起來的不是他，而是地上的屍體。他蹲下來連忙把屍體往阿川所坐的床底下推進去，阿川很快速地把腳抬起來，方便讓姊姊的身體通過。

這時候夾雜著敲門的聲音，有人喊著：「王伯伯！王伯伯！」

王先生加快了速度，他扯下了掛在室內的衣服、毛巾，蹲下來擦拭著大片的血跡。對一個上了年紀的人來說，蹲下來做這些事情是多麼不堪，阿川坐在床沿看著王先生趴在地上前後擦拭的樣子，很快地，整個毛巾衣服沾滿了血，王先生將整個毛巾換了個面繼續擦拭，敲門的聲音越敲越急。

王先生起身前，看到角落一把刀子上面布滿了血跡，那是平常切菜的菜刀，他把它丟到桌子底下的一個紙箱內，隨後抱起了一大堆的衣服毛巾，往浴室走去。

王先生慌亂地脫下外衣和雨鞋，脫衣服的動作竟然變得如此地不聽指揮，每解一顆鈕扣都在顫抖，長褲拉下時發現雨鞋忘記脫了，在這麼慌亂狼狽的時候，他突然聽到大門被打開來了。

在王先生進到浴室以後，整個室內就只剩下阿川坐在床沿，望著發出聲音的大門，他猶豫著是否要幫王先生開門，他低頭看了床底下的小芸姊姊一眼，隨後站起來，繞過血跡的地方，將門打開。

進來的是一個警察，他叫小吳，鄉下小警察，三十歲左右，肚子大大的，沒有抓過犯人，更沒有開過槍，平常在山上的工作，就是把喝醉酒的原住民朋友從水溝裡撈起來，當然他還是有做一些別的事情，但是大部分都是一些和人類歷史或是社會進步無關的事情。

小吳：「你們到底在裡面做什麼？明明裡面有聲音，就是不來開門。」

警察朋友很自然地走進門，就像回到自己家一樣。阿川坐回原來的床上，小吳就站在原先布滿血跡的地方。

小吳和王家很熟，他看了阿川一眼，直接走向餐桌，掀起了餐桌上的鍋蓋，發現鍋子裡面一堆黑黑的東西，不知道是幾年前留下來的，又搖了搖放在桌上的肉鬆罐，他帶著點失望的樣子坐了下來，感覺上這家人好像還沒有準備要開伙的樣子。他轉過頭看著阿川。

「同學，你回來都不會聯絡一下喔？」這種類似抱怨的聲音似乎證明了他們有一種非常深厚的過往情誼。

王先生從浴室出來，他穿著一條內褲、白色汗衫，頭髮還故意弄得濕濕的，好像剛洗完澡，心虛兩個字好像是一盞大霓虹燈，一閃一息地，直接掛在他額頭上。

「小吳你怎麼突然跑來了？」

小吳很無辜的樣子，他對於被人家指正是一個冒失的人而感到不知所措。

「王伯伯，我在外面敲門敲很久了。」

「我在裡面洗澡沒有聽到。」王先生一副氣宇軒昂、臨危不亂的樣子。

小吳上下打量了王先生說著：「王伯伯你洗澡都不脫襪子啊？」

王先生低下頭，他發現他的襪子還穿在腳上，那是一隻破了洞的襪子，大拇指都伸在外面了。

小吳看著眼前這位穿著破襪子洗澡的老先生，以及那位坐在床邊抓癢、無事可做的老同學。他突然一下子無話可說，感覺大家好像在玩「一、二、三，木頭人」，他一喊完木頭人之後，大家都假裝沒事，只有他傻傻地站在那邊。

他看著這兩個人，又努力地擠出了幾個字：「小芸姊姊呢？」

「小芸下午就走了，回來三天了，也該回去了。」王先生說。

他看著小吳，發現小吳突然鼻子靈敏了起來，他往四周嗅著，似乎發現了什麼，王先生看到桌上殘留著一灘被濺灑出來的血跡，正不知如何是好時，小吳伸出手，往桌上殘留的一些血跡抹過去，看了中指上的血跡一會兒，隨後將中指往自己鼻子湊上去。

小吳露出了一個凝重的表情，問道：「王伯伯你們殺雞了？」

王先生愣了一下，他沒想到事情是如此急轉直下，小吳似乎非常貼心地幫他解了套。

「對啊，我們殺了一隻雞，想幫阿川補一下。」

「那怎麼把血弄到桌上來了？」

「本來是要把血留下來做雞血糕的，不小心打翻了。」

阿川坐在房間的角落看著這個奇怪的對話，頓時他就變成了一個局外人，和整件事情沒關係的樣子。

「全部打翻了嗎？」

「還剩半碗。」

「還夠做雞血糕嗎？」

「夠。」

王先生已經不耐煩了，搞了老半天，事情已經進展到雞血糕去了，那是一個多麼殘忍的連結，小芸躺在那邊屍骨未寒，他竟然被一個愛吃鬼纏住了，這位愛吃鬼還是繼續述說著他的往日情懷。

「王伯伯你的雞血糕真是好吃！以前我到你們家的時候，只要看到桌上有雞血糕，我和阿川一下就搶光光……」

王先生受不了了，他很快地打斷了小吳的話：「你晚上吃過了嗎？」

「還沒有。」

「那你餓了嗎？」

小吳帶著一種將與老情人見面的靦腆。「忙了一整天，到現在都還沒有時間坐下來吃。」

「那時間不早了，趕快回去吃飯吧。」

頓時，沉默就像夜裡山上的小路一樣。

王先生拉起小吳，催促著他趕快離開。阿川坐在一旁似乎不是很懂得這個世間的喜劇，他望著王先生送著小吳離開。

床底下的姊姊眼睛睜著，一動也不動地，不知道從哪裡來的液體，在她眼眶四周匯集，從眼角的地方，貼著皮膚，沿著鼻梁落下。

九

王先生站在門口，確定小吳已經離開了，他走進門，還是不放心地把門關起來，他走向屋內開始收拾小芸的行囊。王先生發現小芸帶回來的衣服真是少得可憐，除了貼身的換洗衣服之外，就剩那麼一、兩件外出服而已，一小包的旅行袋裝起來空空蕩蕩的。當初小芸和他說回來至少兩、三天，再看阿川的情況是否要多留幾天，現在看起來這些都是客套話，就他知道的小芸是非常愛乾淨的，她不可能只有帶兩件外出服出來，尤其在家裡上上下下、忙進忙出的，不到半天，衣服看起來就像抹布一樣了，現在看來女兒心裡就只是想在家裡待三天而已。就算她今天沒死，她也有可能穿著那件沾滿血的小碎花上衣回家去。

人世間最哀傷的情感，在這個時候似乎被冷卻了下來。

王先生蹲下身體，拉出小芸的屍體，阿川又把腳抬高，半邊側坐著，似乎王先生拉出來的是什麼髒東西一樣，他腿抬得高高的，深怕碰著了。

阿川低頭看著被拉出來的屍體，當初就是一把刀子往這女人身體戳過去。其實住進來的第二天晚上，吃完稀飯，他就把刀子預藏在身上，那是一個動物進入到一個新環境的做法，想辦法先防禦。早上小芸回來了，往他床前走過來，他很快就把刀子戳過去，連續幾次，小芸還來不及驚訝就已經翻身倒地了。

王先生從小芸背後將她扶起，他拖著她往大門的方向走去，過了大門，他走過月光照射的斜坡路面，最後把小芸放在單軌車旁。一群飛蛾宛如惡靈附身般瘋狂地繞著單軌車上的日光燈，王先生放好小芸之後，走回去拾起她的行李並帶走一條被子，隨後反手將大門鎖上。

王先生把被子鋪在車上，把小芸平放在上面，縱使小芸已經走了，他還是希望避免車程中的顛簸而使小芸感到不舒服，他將一塊藍色的帆布蓋在小芸身上，然後用繩子來回纏繞小芸的身體和車子，因為在路程的上坡下坡當中，他深怕小芸不知道會滾到山的哪一邊去。

月光下的山谷有一種說不出來的冷清，車子慢慢地進入森林，未曾預期地，森林內大霧彌漫，透過車上微微小燈的照射，能見度不到幾公尺，當初他製造這個小軌道車時，目的就是個便利的交通工具，把山下的肥料、工具載上山；把山上的蘭花運下來。他從來沒有想到幾十年後會便利到可以用來載送屍體，而且是自己女兒的屍體。他一點都不害怕在深夜時刻獨自走在這片森林裡，單軌車穿過森林，往另外一座森林駛去。

月光在他右手邊的位置，大滿月的一天，那個發亮的大圓盤，打出了一個有色的光暈。在這清清冷冷藍色的夜裡，王先生走上了一條永遠沒辦法回頭的路。

單軌車到了終點站，王先生走下車，坐在亭子的一張小凳子上。當初蓋這個亭子，像車站月台的概念，因為整個地勢是一個斜坡，所以花了很多力氣用木頭把亭子架起來，上面放了幾張椅子，還有一些汽油桶。

可能還沒有想清楚要怎麼處理小芸的屍體吧，他坐在那邊好一會兒，看著那個被帆布蓋著的女兒，他真的哭不出來了，他曾經想過幫自己找十個理由來大哭一場，為這人倫慘劇、痛失愛女而哭；或是為有一個精神病發瘋的兒子而哭；更或是為了他年老無所依靠、自憐自艾而哭；但是這些理由綜合起來已經讓他失去哭泣的力量了。

忙完小芸的事情，天已經快亮了。回到家，看到阿川還躺在床上繼續睡著他的覺，一整個晚上折騰下來，王先生快要累死了。他坐下來，連眼睛都不敢閉上，他深怕閉上眼睛以後，不知道會有什麼事情發生，他開始害怕這個兒子，他不是害怕他會跳起來往自己身上捅出兩個窟窿，而是就是害怕他。他已經年過七十了，算是年紀很大的時候才有了一個兒子，他記得阿川剛出生的那一天，他吹了一整天的口哨，他不知道他自己在吹口哨，是隔壁鄰居問他：「你為什麼一直在吹口哨？」

昨天晚上，王先生走了以後，阿川很早就入睡了。對他來說睡覺不是一個每天必要的活動，就只是沒事，躺著沒事。有時候他覺得他似乎可以這樣躺著過一輩子也無所謂。可以很確定地知道阿川不是那種殺完人需要抱著菩薩睡覺的人，他沒有任何自責或是惻隱之心。他變得很靈敏，王先生的單軌車遠遠地駛回家的時候，他就已經聽到了，等到王先生把引擎熄掉時，他甚至能聽到王先生進門前的恐懼。現在他躺著，眼睛閉著，他還是感覺到在不遠的地方，老先生就坐在旁邊盯著他。阿川睜開眼睛，轉過頭，看了老先生一眼。

「你要不要去煮個東西來吃啊？你這樣一直坐著也不是辦法。」

十

天色已經微微亮起，遠處那些失眠的公雞已經迫不及待地昂著脖子開始哭啼。

一大早王先生發動了他那台頂多八百C.C.平常用來下山採購日常用品的小貨車。開到山下的城鎮大概要將近一個半小時，來回的話半天的時間就沒有了，對於整晚未睡的王先生而言，開著一台穩定性不是很高的小貨車在山裡面彎來彎去，著實是一件很不安全的事情。一路上他表情不多，微仰著頭，任由車子往下衝去，他突然想起阿川回來的前一個晚上，他也是夢到開車走在這條山路上。在夢裡的那台車不是現在這台小貨車，他是開著一台大型的雙層遊覽車，整個車子很快速地不斷衝下山，非常驚心動魄，更令人嚇破膽的是那台遊覽車的駕駛座，不是在車子的下層，而是在遊覽車的上層，整個開車的感覺好像是騰雲駕霧一樣，速度非常快，雖然路上沒發生什麼事情，但是那次夢中的駕駛經驗，著實讓他血壓飆高了不少。隔天早上，他就收到阿川同事的電話說要把阿川送回來。

他到了鎮上一個類似軍方的榮民醫院，那是一幢非常舊式的建築，還保留著當初那位沒有美感的建築師所建造出來的精神。王先生掛了號，安靜地坐在迴廊上，其實每三個月他就會來這間醫院一次，最主要是因為血壓的問題，每間隔一段時間就要回來拿藥，距上次回來的時間才相隔一個月不到。醫生是一個留著小平頭、喜歡穿花俏衣服的中年人，他的醫師袍底下永遠是一件顏色鮮艷的襯衫。在這種鄉下醫院裡每一個醫生都是全能的，從口腔、到血液、到肛門或是腦袋裡面看不到的東西，他們都必須略知一二。

醫生的名字叫吳一德。吳醫師的爸爸可能從來沒有想過他的兒子長大以後會成為醫生，很單純地幫哥哥取名一心，弟弟取名一德，家裡一心一德聽起來蠻貫徹始終的樣子。

「王先生！」一個聽起來不是很有精神、但好像很了解你的聲音，呼喚著王先生。

吳醫師看著電腦，似乎在回顧著王先生的學經歷一樣。

「怎麼樣啊？怎麼不到一個月就回來了？」

「最近睡得不是很好，半夜很容易起來。」

「有什麼事情在煩惱嗎？」吳醫師很不經意地用沒有壓抑的聲音，疏導著王先生。

「沒有。」

「應該是年紀大了吧，我開藥給你吃。」

這個吳醫師連聽診器都沒有拿出來，脈都沒把，就診斷出了對方的症狀。似乎把時間精神花在一個年過七十的老先生身上是很不智的。

「是安眠藥嗎？」

吳醫師有一種風采被王先生搶走的感覺。他緩緩地轉頭看著王先生。

「你為什麼要這麼問？」

王先生驚覺出他越過了他的守備範圍，突然間游擊手跑過來和他講說：「不要來這邊搶我的球。」

「我有去西藥房買過，但是吃了效果不是很好。」

「是哪家藥房？」

「我家附近的小藥房。」王先生低聲把這句話講完，然後把頭低下去。

吳醫師似乎感受到了王先生的歉意，一種對他無禮地搶走他風采的歉意。

「你叫那老闆小心點，沒有醫師的處方箋隨便賣藥給人，牢是坐不完的，這樣吧，我多開些給你，但是不要吃太多，先吃半顆，如果還是不行，再加半顆。」吳醫師一講完就埋首於他的電腦，他似乎對王先生的表現不是很滿意，某種程度上已經下逐客令了。

「怎麼樣才叫太多？」王先生繼續追問下去。

「一兩顆就很多了。」

「多了會怎樣？」

「可以讓一頭牛睡好幾天，當然對那些很懶的牛，就另當別論了。」

吳醫師開始在寫處方箋了，一副完全沒有醫德的樣子。到此為止，王先生只有達到此行一半的目的。吳醫師已經對他表現出不耐的樣子，王先生真的很後悔他的表現，他沒有在這次的應答中達到吳醫師的期許。但是他真的想問的話已經在他舌頭下了，那些話不像喉片一樣會慢慢溶化，他含的是一顆扎扎實實的石頭，那顆石頭用力地頂著舌頭。

「是不是還有什麼事情？」

「是這樣的，我有個朋友的小孩最近變得怪怪的，好像不認識自己的父母，講話也變成另外一個人。」王先生如獲大赦急忙地說。

吳醫師抬起頭來，一副看穿王先生的心思似的。

「我看是你的小孩吧？」吳醫師絲毫未給王先生留任何情面地說道。

「是朋友的小孩。」王先生非常堅持，聲音很低，好像是講給自己聽的。

「那就叫他自己帶小孩來看啊。」

「我只是想了解一下，因為那個小孩和我還蠻親的。」

「如果是精神方面的疾病的話，還是要把小孩帶過來檢查。」吳醫師對王先生拋了個媚眼，感覺好像是在對女朋友說，好了，到此為止了，不要再吵了。

「什麼是精神方面的疾病？」王先生還是不屈不撓。

吳醫師再一次抬起頭上下打量了他一眼，不用大腦想也知道這個有問題的小孩百分之百就是眼前王先生的兒子。對很多病人而言，他們會很羞於講出家人的症狀，他們會說是朋友的小孩、哥哥的小孩或是哥哥朋友的小孩。有些疾病好像是一個不潔的東西，被沾染到的人好像全家會臭掉一樣。

吳醫師冷眼看著王先生，對於複雜的醫學理論在他畢業的時候早就已經完全拋棄了，現在每天面對的病人只要兩三句無關痛癢的話、開兩三帖不癢不痛的處方，就可以把他們打發了，反正死活這種事也不會在他眼前發生。

他很討厭遇到麻煩的病人，這些病人每天囉哩叭嗦問一些死不了的問題，你回答得越多他們問得越多，醫生當久了，似乎也搞到自己像生病一樣，一種對人世間生老病死冷漠的病。

「基本上呢，我們都把精神病患者稱作『漂泊的靈魂』，但是廣義地來說像是外遇、心術不正或是靈界的兄弟姊妹都可以歸納在裡面。」

「這種病會好嗎？」

「外遇或心術不正，吃藥是不會好的，但是精神病就要靠吃藥來解決，但是吃藥會有些副作用，有些人會夢遊，有些人會變胖，有些人甚至會去變性。但你說真正的病因解決了嗎？老實說這真的很難講。」

十一

晚餐的時候，王先生幾乎沒有動什麼筷子，碗筷都維持在同一個地方，眼睛看著阿川。從阿川回來到現在已經好幾天了，這是他第一次吃正常的飯菜，再怎麼不好看的菜色經過處理以後，還是會散發出一種食物的香氣，阿川吃得又快又急，後來慢慢緩下來了，沒有預警，就倒在餐桌上直接睡著了。剛才在廚房的時候，王先生拿了四、五顆安眠藥，用菜刀柄搗碎，加在湯裡面。依照吳醫師的指示，這個量不是只有讓一頭牛睡著而已，王先生毫無知識地認為，安眠藥加越多應該會睡得越熟、睡得越久，他不知道這東西吃多了會致命的。

阿川睡著了，他的臉就躺在油油的餐桌上面，甚至還壓了一塊雞骨頭，王先生小心翼翼地看著他，連動都不敢動，時間就這麼耗著。王先生緩緩地起身，突然間阿川站了起來，好像發現了什麼事情一樣，阿川在室內走來走去，眼神上透露出些許的憤怒，好像是一個尿急的人找不到廁所，焦躁不安。沒多久他找了一面牆，就這麼頭頂著牆壁呼呼地睡了起來，好像是靠在一個愛人的身上一樣。

一連兩天，就在這同一個時間，他陸續幫大女兒和兒子收拾行囊，連人帶物運到山上。阿川的行囊不多，唯一要幫他準備的就是一條薄被、一頂蚊帳，還有一個銅製的便盆。他花了很大的力氣把阿川搬上單軌車，同樣的月光，在森林裡面散發出不同味道的寂寞，路上除了不知名的蟲鳴聲外，就只剩下單軌車的引擎聲，非常刺耳，就像一個沒有力氣的老牛在拖一車笨重的行李一樣。在昨天以前，王先生不知道他的人生會產生這麼大的巨變，短短的時間內，單軌車來來回回不知道開了幾次了，尤其在這個深夜裡，他邊開邊看著身後的阿川，阿川的身體半蜷曲，手上抱著一個便盆。

單軌車同樣地穿過森林、越過平原，來到了終點站。下車後，王先生從蘭花園的角落推出了一輛手推車，他將阿川從單軌車拖下來，再將他拉到手推車上。

他開始著手整理小屋內的東西，原先小屋內塞滿了各式各樣的農具、畚箕、一袋袋的培養土、有機肥料、成捆的塑膠袋、嬰兒床，甚至很類似豬八戒取經完留下來的釘耙，林林總總，塞得滿滿的，王先生一一搬出來堆在屋外，很快地，屋外的小廣場就堆得像一座山一樣，然後他慢慢去房間裡面找出任何有危險性的東西，包括尖的、硬的、繩子，一些會導致傷口流血、甚至脖子緊縮的東西，他都清理到外面。

森林裡面霧越來越濃，小屋內有一盞小小的燈泡懸在屋頂正中央，被霧氣包圍著。王先生站在屋內看著四周，看著空蕩蕩的一切，當然屋內還有一些看起來不傷大雅的東西，一些看起來不會致命的東西。不過，什麼東西會致命、什麼東西不會，對兩天沒睡覺的王先生應該也是恍恍惚惚的吧。他將阿川搬上床，一拉上床，兩個人幾乎同時跌在床上面，床的上方有一個破舊、被欄杆封住的小窗戶，從這裡可以看到整個森林的入口，天微微亮了，王先生坐在一張爛椅子上，喘著氣、滿臉脹紅地看著躺在床上的阿川。

王先生最後將阿川鎖起來，他不是用一般鐵鎖把小屋的門鎖起來，而是用一個大橫桿絞在粗麻繩上面，麻繩連接在門上，最後把木頭橫豎在門口。其實關在裡面的並不是阿川，關在裡面的是一個老人活到七十歲僅剩的一點夢想。

他已經沒有力氣回去了，發動單軌車、下山、爬上床，這些距離對他來講太遙遠了，他需要的是馬上找個地方躺下來。他拿出被拆開已經壓平了的厚紙箱，鋪在小屋外的地上躺了下來，頭上墊的是一個懸掛在屋簷角落的雨衣。

十二

在童話的情節裡，那些閒著沒事幹的王子們通常都騎著駿馬漫步在森林裡面，他們一定會看到一個被丟棄在森林裡面的小公主，通常王子一定會把公主抱起，沒多久不知道從哪裡冒出來的噴火龍和王子大戰一場，最後還是王子救出公主。小吳走進蘭花園森林的時候，他看到王先生躺在小屋子邊，他四周看了一下，沒有發現衝進來的噴火龍，他也沒有走過去把王先生抱起，他只是很納悶為什麼一大早老先生就這樣躺在地上。小屋朝蘭花園的地方開了一個小洞口。小吳透過這個洞往內看了一下，發現裡面空蕩蕩的，他再往更深的角落看去，他的老同學阿川就躺在床上面，窗外的光微微射在阿川的身體上，阿川偏著頭，從遠遠的角度看來好像是一個古畫裡面受難者的遺骸，小吳轉過身的時候，王先生已經坐起來了，短短的睡眠事實上沒有讓他恢復多少精神。

「王伯伯你怎麼睡在這裡？」小吳問。

「你怎麼突然來了？」王先生答非所問。

王先生站起來，轉動著僵硬的身體，然後往蘭花園的方向走去。

「今天早上上班前我想去看看你和阿川，然後發現你們都不在，我就走上來了，我還以為你們兩個一大早就上山去忙了。」

王先生不語，他也不看著小吳。這兩天所發生的事情，他似乎要整理出個說法，來面對可能會遇到的問題。小吳這時候也尷尬了，因為他撞上了一個他無法了解的事情，眼前的老先生好像欲言又止，或是說一副把他區隔在外的樣子。昨天到他們家裡眼巴巴地空著肚子想和那期待已久的雞血糕相遇，後來被趕出來了，他納悶著這家人到底發生什麼事情了？他也很久沒有看到這位同學了，總覺得這位同學的陌生並不是那種許久不見的陌生，小吳後來自己說服自己，也許是自己想太多了吧，人就是會變的，那個阿川已經不是他想像中的阿川了，但是他不是阿川的話那是誰呢？離開王先生家後，他回派出所吃了一碗泡麵，心裡面悶悶地想著整個事情，隔了一晚忍不住了，趁著上班前想再來一次和這位久已失聯的老同學建立情感，卻發現接下來的每一步路都是他越來越不熟悉的。山上容易起霧，大霧來時，山裡的任何一條路，不管是騎摩托車或走路，哪邊要轉彎、哪邊要直走，他都非常清楚；但這兩天他走進阿川家的時候，他宛如走進一個伸手不見五指的大霧裡，只聽到聲音，無法辨識那些曾經非常熟悉的人的臉孔身居何處。

尷尬就像一塊晾在荒野裡的抹布一樣。

「阿川生病了，他現在連我也不認識了。」王先生說。

「怎麼會這樣呢？」小吳輕聲地講，似乎很怕王先生聽到。

「我不知道，事情就是這樣子。」王先生對兒子的病有一種耍賴的感覺，似乎這樣的說法可以掩飾一些阿川這兩天所犯下的過錯。

「那……過兩天我們帶他去看醫生，或是給仙仔看一下？」

「小吳，阿川的事情你千萬不要講出去，我不希望過兩天有人來問我你兒子怎麼了，或是外面有人說阿川發神經的事情。」

「那……我們應該怎麼辦呢？」

「活那麼老，帶個有問題的小孩去看醫生，這種事我還真的不知道怎麼做。」

山上的霧又來了，它從另外一座山很快速地移動過來，兩人站立在那裡看著霧遠遠地進到森林來。沒多久，整個蘭花園彌漫在一片霧氣之中。

十三

阿川醒來了，他不知道睡了多久了，感覺是經過一個很長的夢，整個人終於完全醒來了。他起身，在室內的小小空間走著，他看到王先生最後留下來的一些東西：破輪胎的內胎，一些瓶瓶罐罐，天花板上面的水管，他走去開門，發現門被鎖住了，他沒有哭喊，反而冷冷靜靜地看著門。對他而言，住進一個別人的身體裡，再把這身體住到另一個空間裡面，好像差別不大。當然，最大的差別是這個房子沒辦法像他的身體一樣可以到處移動，但是對他來講有差別嗎？他不就是需要一個可以待下來的地方而已，他不需要這個身體給他很多自由。從前小屋的主人不知為何在面對蘭花園的地方開了個小洞，藉由這個洞他可以看到周遭的世界，雖然這個世界有局限性，但是這一點點東西就可以非常滿足阿川了。他透過這個洞看到外面一株一株的植物，看到一個花園被包圍在森林裡。

其實，他只是一隻寄居蟹而已，剛換了一個新的殼，有了殼以後又有了一個新的洞穴可以待著，避免四周的紛紛擾擾，那是多麼愜意的事情。當然肚子會餓，嘴巴會渴，這種身體上的感受，目前為止對他來講是非常小的事，只不過他有一點納悶的是他似乎對這個環境非常熟悉，好像是曾經在夢裡面或是很久以前曾經認識這個地方。他走動著，想從室內的任何一個角落去回憶起這種熟悉，終於他發現了，就是這個小洞，面對蘭花園的這個小洞，他對這個洞的熟悉不是看出去的風景，而是記憶裡面的一個洞。

阿川往前走，洞上面隔了一片紗網，紗網已經很舊了，有些地方已經破了，邊緣某些部分還捲曲了起來，他用手輕輕地推著網子，很不經意地，整個紗網就這樣被推破了。

整個白天他就無所事事地在小屋裡面走著，有的時候他會睡個回籠覺，有人或許會覺得他像是一隻被關在籠子裡的動物一樣，只要在裡面吃喝拉撒睡，不需要很多心智上的活動，就像動物園的動物一樣。但是阿川的眼睛還是小心翼翼地往外注視，不管透過原先阿川的肉體或是小屋的洞口。

時間在安靜及有秩序的狀態下緩緩前進，森林裡聽不到滴答滴答時鐘的聲音，唯一聽到的就是不同時序的蟲鳴鳥叫聲和一些間歇性的蟬聲。蟲鳴鳥叫是遠遠的，用一種呼喚的感覺來吟唱出生命的憂鬱。但是那些蟬聲卻非常粗暴，在森林裡，蟬似乎是一種疏於管理的低階動物，牠們集體地、毫無章法地發出聲音。

阿川在半夢半醒的狀態裡好像日夜已經過了無數的循環了。醒著的時候，他就繞著房間一直走，走了一段時間後，他才發現自己已經自言自語很久了，當他發現自己無意識地講話後，他會瞬間停下來，心裡想著他到底是在無意識地自言自語，還是在和別人講話，他看著四周甚至洞口外面，確定旁邊到底有沒有人在和他進行對話。

他想到了老先生，印象中他是一個非常冷靜的人。

前幾天晚上他看到他把那女人的身體拖出去，心裡面有一點不忍，有一股想站起來幫他的衝動，尤其在他蹲下來扶起他女兒屍體的時候，好像拉不動的樣子，當時他差點站起來了。後來不知道什麼原因，他抑制住了這個衝動，心裡面還是覺得現在的他不要對任何東西產生太多的情緒，一切東西都那麼不熟悉，有時候他會覺得他看到的東西到底是不是真的他看到的，會不會只是一個魔法所產生的虛象，住進來這個身體以後，他發現這個叫阿川的人，他的身體有很強烈的感知，有一種很細微敏感的感受力，感覺起來這個身體是非常容易操縱的，不是說我叫他往左往右、叫他前進那種很基本的操作，而是有一種很細微的靈巧。比如說：對聲音、對味道，甚至是肢體機械性的敏銳。就像那天他拿起刀子的時候，他輕易地知道怎麼插進去，刀子在身體裡面旋轉再拿出來，而且可以避開骨頭的方向，他覺得這個身體本身是被訓練過的，不是一個駑鈍的身體。

十四

那天晚上是一個非常複雜的夜晚。森林裡突然變得非常安靜。

他望著洞口外的森林，他覺得應該會有另一個森林在另外一個地方，那個森林到底是什麼？而這些森林是不是被另外一個森林包圍住，到底森林有多大？要走多久才會走出這個森林？能走出去嗎？還是就在森林裡面永遠地走著？時間可以無限制地延伸嗎？走在這種無限延伸的時間裡，最後會變成什麼？變成時間的一部分，還是在時間裡面化為灰燼？阿川想到這些東西，事實上他沒辦法很清楚去整理，但是隱隱約約他對自己從何而來，在哪裡消失，全部都搞混在一起。現在外面風停了，霧散了，聲音也沒有了，是不是時間已經靜止了？

對阿川而言，他對空間的概念已經被時間所稀和了；更準確地說，他一直在想著他是在時間的哪一段，而不是在空間的哪個角落。

想著想著，電話鈴聲就響了，聲音是打破時間凝結最快速的方法，所有東西都回到原來的位置。阿川很納悶，怎麼突然會有電話聲，他順著聲音的方向在門邊的角落地上看到一支手機，它隱隱約約在黑暗中閃著青藍色的光，阿川將手機拾起，他凝視著它片刻，數聲以後鈴聲停了，沒多久，又再度響起，隨後他按了一個鍵，然後隱隱約約聽到有聲音從手機裡面擴散出來，一個男子的聲音，非常猶豫地，出了幾聲又停了，阿川將手機靠近耳朵想更清楚地聽到裡面的聲音，男子的聲音突然停住了，只能隱隱約約聽到對方的呼吸聲，阿川想從呼吸聲裡面辨識男子的情緒，對方似乎也在傾聽阿川的聲音，兩人很仔細地聽著對方，沒有預期地，對方把電話掛了。

那天晚上，電話又再響起，阿川躺在床上，聽著電話聲一聲一聲地響著，有時候他會跳起來很快地把電話接起，然後又聽到同樣的聲音，事實上應該不是聲音，是沒有聲音的聲音，阿川似乎可以感受到對方的耳朵緊貼著電話的樣子，他心裡面在描繪那個男子，雖然勾勒不出什麼形狀來，但是他知道這是一個他非常不喜歡的人。

一大早，他就看到王先生從森林的入口進來，他手上拎著一個塑膠袋，另外一隻手拎著一個寶特瓶，往小屋的方向走來，很快地他走到小屋的洞口，把塑膠袋塞進來，他打開塑膠袋，裡面是一個小臉盆，那種鋁製、凹凹凸凸的不知道曾經裝過什麼的小臉盆，上面放了一些飯菜，還有黑麻麻的很像是肉的東西，緊接著王先生又將那個寶特瓶伸進洞口，他半句話沒說，但是所有東西都很明顯，這是他的食物及飲用水。王先生把東西交給他以後就往蘭花園走去，阿川一邊吃飯一邊看著王先生，說實在的，阿川也兩三天沒吃了，一下子他就把小臉盆裡的東西全部吃光。

大概在下午的時候吧，陽光越過了一個山頭正往另外一端下去時，森林裡面來了一個陌生人，他就是阿川的姊夫，王先生的女婿，他從森林的入口進來，小心的程度好像深怕在這條路上會遇到埋伏一樣。他走向小屋，又往小屋裡面看了一眼，他隔著洞看著在床上睡著的阿川，阿川躺在鐵床上面整個人蜷曲著，旁邊的桌上有個小盆子，地上倒了一瓶寶特瓶，從他的角度看來，感覺阿川好像是被豢養的動物一樣。姊夫靠在窗口的時候就聞到一股很不好的味道，阿川在這邊住了有一段時間了，一些排泄物凝聚在整個室內，要不是有這個小洞可以讓這些氣體自然排放出去的話，累積久了，搞不好會形成一股沼氣將房子整個炸開。

姊夫在洞口露出了嫌惡的表情，然後轉身去尋找他岳父的身影。

雖然上次來蘭花園，已經是遠古時代的事情了，他也已經忘了是婚前還是婚後上來的。但是他對於岳父單調的作息非常了解，只要家裡前面的單軌車不在，他一定就是到山上的蘭花園去了，順著鐵軌的方向一直往山上走就會找到他。姊夫上門來，唯一的理由就是來找姊姊，要不是為了這個原因，就算是把他打死了他也不願意上來，因為他非常討厭他的岳父，他討厭他的原因也是因為他岳父不喜歡他。

王先生從一早進來就沒有離開蘭花園，蘭花園似乎是他現在唯一可以藏匿的地方了。自從把阿川送上來以後，他重新把家裡整理了一遍，以確保女兒在家裡留下的任何東西，不管是血跡、衣服或者是一些來不及搜到的貼身衣褲，他用戶外的爐灶，生把火，把它們處理掉了。還有他花了很長時間在床上，那三天的活動量把他的體力耗費殆盡。這兩天，他還往山區的鄰居走了一圈，雖然鄰居不多，就那麼幾戶而已，但都是長久以來認識的朋友。剛好昨天老孫的屍體被送回來，他去山區查看水源摔落在山谷下，過了好幾天才找到屍體，他上了香，看了一下躺在床板上蓋著白布的老孫。王先生非常難過，他的難過是一種所有東西累積起來的難過，年輕的時候他們上了山，一群人，現在所有人慢慢走了，老孫是他剩下的少數幾個朋友之一。

他在朋友家轉了一圈，其實另外一個最主要的原因是想知道這些朋友有沒有感受到他家的異狀，有沒有人在講王先生的小孩發瘋了。鄰居的話題大部分都圍繞在老孫的事情上面，很幸運的，王先生只是一個參與討論的人，家裡的事情並沒有在鄰居的討論範圍內，他又仔細地檢視了所有鄰居的表情，也沒有發現他們在掩飾什麼或是看見王先生的時候有什麼異狀。今天一早他想上來看阿川，上山前，突然想到阿川已經好幾天沒吃東西了，他把一些剩飯剩菜放在一起帶上來給阿川。

他在蘭花園已經待了一個早上，其實真的沒有什麼事情可做，就是待在山上東摸西摸，希望可以把時間一點點摸掉，當然現在最主要是因為阿川的關係，他留在蘭花園裡面守著他，至少可以確保不會有什麼意外發生，但是意外通常都是人為的，常常就有一些人無意中撞進來而發生意外。

在女婿走進蘭花園沒多久王先生就看到他了，他最恨他走路鬼鬼祟祟無聲的樣子，每次他回來時躲在小芸旁邊，夾個小小的公事包，看起來就是沒出息的人，王先生恨死了那種夾著小包包的男人了，一副全世界的東西都被他夾在腋下的樣子。他不動任何聲色地繼續忙著他蘭花園的工作，他手握著剪刀，剪掉蘭花枯萎的枝葉。

姊夫已經遠遠看到他岳父在花園的深處，他遠遠看著，每次回來最難啟齒的第一句話就是「爸」，那句話一說出口以後總是換來排山倒海的沉默，每次那句話說出來，總是看到他爸好像沒聽到而正在忙著別的事情，然後過了一陣子，他那位親愛的岳父才轉過頭來說：「喔，你回來了」，他恨死了，每次他總是壓抑著滿腔的怒火，然後裝著笑容，一副隨侍在側的樣子，自己有時候真的忍不住會從頭到腳把自己好好看過一遍，到底他哪一點無法博得他岳父的歡心。他一直不覺得自己是嘴貧的人，他喜歡朋友之間的嘻嘻鬧鬧，開一些不傷大雅的玩笑，在適時的時候講一些好聽的話讓大家開心，但在這老人家面前，他好像含著滿嘴的釘子，什麼話都講不出來，常常心裡面就有無數的幹字。後來想想，算了，反正也就這麼久久一次，含著釘子有什麼關係。小芸離開已經三天了，坦白講，要不是那天為了一件小事打給小芸，他已經忘記小芸三天沒回來了。今天一大早他開車上來，一路上覺得非常不情願，有好幾次想掉頭回去，要不是有隱隱約約的不安，他真的不會走這趟路。

「爸。」姊夫走到王先生面前，停了好久才硬生生地蹦出這句話。

「你怎麼沒講一聲就跑來了？小芸不是剛回去嗎？」王先生抬起頭來露出一個可以預期的表情，他斜盯這眼前的男子，用責備的語氣回答道。

姊夫沒有預料到王先生的回答速度這麼快，雖然是責備語氣，但是心裡放下了一塊石頭，他用很沉穩的語調，甚至也用一種半關心的口吻來回答。

「這兩天我打電話到家裡很多次了，一直都沒人接，我還擔心家裡到底出什麼事了，心裡不放心我還是親自跑來了。」

王先生又回到了他手頭上的工作，完全沒把他女婿的關心當一回事。這幾天他想了很多台詞，要用什麼樣的話回答女婿來掩飾女兒的事情。他在內心排演了很多次，準備好面對自己的女婿，但是沒想到女婿電話也沒來，人也沒看到。現在看到女婿的時候，他心裡有一種不快的感覺，總覺得自己衣服換了，妝也化了，台詞已經背好了，另外一個對戲的演員就是不來，他突然對這個耍大牌的演員增添了另外一種厭惡感。

「爸，今年蘭花開得怎麼樣？」

「今年花開晚了。」

「有影響嗎？」

「還好。」

王先生已經有點不耐煩了，他沒有想到眼前的女婿是一個這麼狡猾的人。他從來都沒有和他深談過，每次他和小芸回家的時候，翁婿兩個人講的話加起來不到五句，大部分時間他都是露出虛偽的笑容，或是幫一些沒有意義的忙，再來就是關心一些不需要關心的事。記得小芸第一次帶他回來的時候，他覺得還好，反正小芸還年輕，等到世面見多了，交過幾個不同的男朋友之後，她總是會從這些男人裡面作出一個最好的選擇，只是沒想到從頭到尾就只有這個選擇。

「爸，你為什麼把阿川放在小屋裡？」女婿又繼續說道。

王先生再也受不了他每句話的頭都要加個爸，從進來到現在這麼多言不及義的話裡面，已經喊了三次爸了。

「他生病了，在這裡我比較能就近照顧。」王先生不知不覺地把音量提高許多。

「很嚴重嗎？」

「還好。」

「你有帶他去看醫生嗎？」

「有啊，醫生說要多休養。」

女婿往蘭花園四周看了一下，然後用一種小聲、很祕密地、似乎見不得人的樣子說道：「爸，小芸還沒回到家耶。」

「她三天前就回去了。」

「她出門前也是這樣告訴我，我從昨天開始一直打電話給她，電話一直沒人接。」

「你怎麼昨天才開始打電話？」王先生很生氣地搶話進來。

「這幾天很忙。」

對那些用胳肢窩夾包包的人而言，他們的姿勢總是非常不自然，不管是左手右手，總是有一邊要緊貼著身體，大部分的肢體動作只能靠一隻手來表達，但是通常為了讓包包夾得更緊，另外一隻手要幫忙把包包壓住，雙手放在胸膛上，一副傲氣凜然的樣子。

王先生看著他女婿講完這句話的樣子，他沒有想到他女兒的不見對他女婿來說就是用一句「這幾天很忙」一語帶過了，女兒他養了幾十年了，他就這麼一句話敷衍了，又看到他夾包包的樣子，他真的想衝過去用剪刀把他的眼珠挖出來，順勢就把他小雞雞剪了拿去餵狗，但是話說回來談何容易，挖眼睛和剪小雞雞不是很簡單的事情。他壓住了滿腔的怒火，用一個很平靜的語氣說道：

「你生意做得好大喔，忙到連老婆不見了都不知道，你看你那什麼樣子，還夾個包包，看起來就一副沒出息的樣子。」

女婿終於把這幾年來的戰戰兢兢、惶恐不安爆發出來，他斜視著眼前的老頭子用一種非常撕破臉的方式看著他，終於，他沒有再叫爸了。

「你不要再和我講這些東西了，我是來告訴你小芸不見了，如果小芸好好的我根本不會來這個地方看你。其實我根本不在乎你的蘭花園，也不在乎你那個不成材的兒子，小芸真的不見了，昨天晚上我打電話給她，一直都沒人接，你知道怎樣嗎？後來有人突然把電話接起來了，一個男人的聲音，不講話，就只聽到他的呼吸聲而已。」

王先生從來沒有想到整個爭執到最後就是這麼撕破臉了，原先他設想：這個懦弱的男人在聽完他的解釋以後，就摸著鼻子回去了，回去以後，也許三天或一個星期，人還是找不到，就報失蹤。小芸的事情半年一年後就冷掉沒事了，反正眼前這個男人他也知道，他沒有那麼愛小芸，他一定會再找個女人，可憐的只是小芸而已。但是現在整個局面已經變得非常難堪，從這個男人口中小芸已經背負了一種不道德的罪惡，什麼男人的呼吸聲，這是什麼意思，小芸就躺在離他不到十呎的地方，如果她真的聽得到的話，那是一件多麼難堪的事情。

王先生緩緩地對眼前這男人說出：「你到底在說什麼？」

女婿覺得自己講得太過火了，他覺得自己刺傷了眼前的老人家，尤其讓他女兒背負這種莫須有的、不潔的罪名，其實他本身也相信小芸不是這種人，只是在一氣之下把所有累積的不滿一次爆發開來，也許這麼幾年來大家關係不是很好，但並不代表每個人都是壞東西，他心軟了，用一種平緩、試圖想再次交好的語氣和王先生說著，而且希望和岳父站在同一條線上，大家一起找小芸。

「爸，我沒有懷疑小芸，我是懷疑她出事了。我真的昨天打了一個晚上，我比誰都還急，所以一大早我就趕過來了，你不相信的話你聽看看。」

女婿從口袋裡面拿出手機，按下通話鍵。等待手機接通是一段非常長的等待過程，王先生低下頭，他似乎有一個非常不好的預感，他覺得事情就會在接下來的電話裡被揭發開來。

電話終於接通了，那是一個非常微小的聲音，是從這片森林裡面某個角落所發出來的，王先生第一個反應就是：他為什麼粗心到沒有將小芸的手機從口袋裡拿出來，而就這樣讓它埋在地下了。

這個不期然的聲音也讓女婿愣住了，他聽著這個聲音盤旋在整個蘭花園，細細的，像一條不可見的細絲一樣，一直在空中纏繞，並且慢慢地將兩人包圍住。對王先生來說，之前所準備的台詞和各種應變方法在這時都變得無用了，整個腳本的走向突然間變成即興演出了。

女婿看著小屋的方向，他轉過頭來面對著這個眼神木然的老先生。

「這是小芸的手機聲。」

女婿不期待這個老先生會有任何回答，他相信岳父應該知道什麼，而且他更相信岳父也不會告訴他什麼。他往小屋方向走過去，心裡面揣測著該如何來面對這件事情。他夾緊他腋下的包包，似乎這個包包是他一生所有。

王先生往前跨了一步，穿過女婿的肩膀，他看到小屋的洞口，浮現出阿川的臉。

女婿聽到一個快速移動的腳步聲，他毫無防備地轉過身，一個很堅硬的東西往他腦袋重襲而來，第一個飛出去的東西就是他胳肢窩下的包包，他被打倒在一個置放蘭花的工作檯面上，在撞到桌子的剎那，不知道什麼亂七八糟的東西往他臉上插上去，大概都是一些桌面上凸起來的鐵網，或是一些固定蘭花的小鐵線，他感到大量的液體矇住了他的視線，他站起來試圖睜開眼睛確定一下自己身處的位置，模模糊糊看到前方一個身影，他正想問這到底怎麼回事的時候，同樣的東西又打過來了，這次他再也爬不起來了，女婿倒在地上，唯一能做的就是一直往前爬，看看是否能爬回台北。

阿川在小屋裡看著眼前的情景，感覺到王先生的手段非常兇殘，他看到王先生手裡拿了把圓鍬，滿臉都是鮮血，如此地醜陋猙獰，他沒想到觀看竟然是一件那麼殘忍的事情。

最後他看到王先生在男子倒地後，還是一鏟一鏟地往他頭上打去，好像打在一個繃得很鬆的鼓皮上面，有一些悶悶的回音，伴隨著四散而出的血漿。男子最後斷氣了，他趴在地上，眼珠睜得斗大，看著阿川的方向。

王先生耗掉所有的力氣，口乾舌燥的，對著躺在地上的女婿說：「你老婆死了三天了，你現在才來找，王八蛋，我操你媽！我還巴望著你會好好對她。」

他丟下圓鍬，轉身就往小屋的方向走去。阿川看著老先生鼻孔冒著煙走過來，他退了一步。王先生很快地伸出手。

「把東西給我。」

阿川用一種無辜的表情看著老先生，他心裡面納悶著：為什麼這件事情好像也和我有關係的樣子。

「把手機給我！」王先生再次大聲地喊道。

阿川突然察覺到他手上還緊緊抓著手機，他遲疑了一會兒，走到洞口，慢慢地把手機遞給王先生。王先生突然把阿川的手拉了過來，隔著洞口，將阿川的整隻手臂轉了一大圈，然後將阿川的肘關節緊緊地抵住洞口邊緣，阿川手上的手機很自然地掉落在地上，整支手機摔成兩半，連電池都摔出來了。似乎只要用一點點力氣，王先生就可以把阿川的手整隻折斷。

阿川的手臂被轉在一邊，整個臉貼在洞口，表情雖然很痛苦，但是他對於這個莫名的遭遇感到很憤怒。

「你為什麼拿她手機？」王先生繼續質問他。

阿川雖然被壓制住了，但是他冷笑著：「你最好就把它折斷，我是無所謂的。」

王先生看著眼前的阿川，他竟然用他兒子的身體來要脅他。他把阿川的手鬆開。王先生很生氣也很無奈地看著阿川，他蹲下來撿起了地上的手機，並將這四分五裂的東西放進口袋裡。阿川看著王先生低著頭不知道在想什麼，他轉動著肩膀，似乎要讓剛才被過度拉扯的肌肉恢復原狀。阿川指著房子的角落。

「我沒有拿她手機，手機就在地上。」

「為什麼會在地上？」

「那天你是不是把你女兒載上來以後，先用一台拖板車把你女兒推到小屋來？你還記得你為什麼要把她推到小屋來嗎？因為你要先出去挖坑，在挖坑的過程中你怕被人看到屍體，所以你就先把你女兒放在小屋裡面，其實你真的想太多了，這種地方這麼晚了誰會來？你放好你女兒之後就出去挖坑了，挖在哪裡我不知道，挖完以後你是不是又進到屋內把她抱出去？最後就把她埋了。」

王先生看著眼前的阿川，他的心情非常複雜。他很高興他的兒子變得不一樣了，他變成是一個十足聰明的人，從來沒有聽過他講話這麼有條理，而且對事情的邏輯這麼清楚。阿川小時候是一個好動、坐不住的小孩，在語言的表達上有時候連很簡單的事情都沒辦法講清楚。阿川從小就讀於森林小學，但不是現代人所說的森林小學，是在山上資源很差、沒有老師會想來從事教育活動的森林小學。在山上空氣新鮮，也沒有人會管他們怎麼念書，每天髒兮兮、東混西鬧的。森林小學畢業以後，整個學習的動力已經完全沒有了，之後就是到比較遠的地方念森林國中，一路森林系統的教育體制下，很多山上的人到最後都是回到森林裡做社會最低層工作。

「你有沒有想過，就在你把你女兒抱起來的過程中，手機從她身上掉下來了。」

王先生聽完阿川講最後一句話，氣瘋了，他大罵一聲，手伸進洞口往阿川的身上抓去，阿川很快地把王先生的手抓住，然後將手臂靠在洞口的下緣，微微地往下壓，這時候整個形勢逆轉過來了，阿川似乎只要再用一點點力量王先生的手就廢了，阿川冷笑著看著老先生。

「老先生，剛剛我講的只是我用猜的，如果真的是這樣的話，你根本不應該怪我。」

阿川一講完，瞬間把王先生的手放開。他看到王先生喘著氣，一副很激動的樣子，卻又對他無可奈何，阿川笑出來了，那不是一種勝利帶有嘲諷的笑容，而是一種很簡單，對老朋友惡作劇完以後，感覺上無傷大雅的笑容。

王先生離開小屋，他轉身回去看著女婿的屍體，他蹲下身體，將女婿翻過身來，摸索著他的口袋，深怕有任何高科技通訊器材遺留在裡面，全身上下摸過確定沒有了之後，他走到女婿之前第一次被擊倒的地方，在附近搜尋他的手機，手機就平躺在地上的草叢裡，他彎下身撿起後迅速地將它關機。然後又撿起女婿那令人討厭的小包包，他拉開拉鍊，看到一疊鈔票，抽出來，往自己的口袋裡塞去，然後他看到一串鑰匙放在包包的另一個夾層，他拿出鑰匙，心裡想著這應該是比屍體還難處理的東西。

王先生將女婿的屍體拉到蘭花園的一個角落，他沒有刻意用什麼東西蓋起來，只是把他塞在一個地方，好像隨手把一個過期的合約隨手塞進抽屜裡一樣。隨後他將蘭花園地面上的血跡用腳摩擦的方式混進土裡，他再把之前打鬥完散亂的蘭花重新安排好，這些工作花不了多少時間，最後他用小屋旁儲水槽裡的水清洗全身及臉上的血。他走下山了，沿著單軌車軌道的方向一直走回家。

他回到家，馬上拿起電話撥打給老李，老李是他的好朋友，住在離王先生家不到半里路的地方，王先生向老李一直抱怨著天氣的問題，說他想找個工人把蘭花園的土整理整理，老李在電話裡自告奮勇要來幫他，王先生嘆了一口氣。

「算了吧，這麼一點事情，你那台小怪手借我，我自己做一做就好了。」他和老李約好，幾個小時後去向他拿小怪手。

王先生將全身的衣服換下來，重新再梳洗一次，確保皮膚、臉上、頭髮，甚至指甲縫，都不會被測出血液反應。在經過重新打扮以後，突然間他整個人變得容光煥發，有種重新再出發的感覺。他再次走出家門，上了斜坡，轉向另一條小路。王先生低著頭安安靜靜地走著，他的右手插在口袋中，按著裡面的鑰匙，好像深怕鑰匙會突然跑出來去報警一樣。

他終於看到那台車了。那是一台日系的小車，好幾年前，這個車子打著「載著希望前進」的廣告標語來唬弄消費者，一台小車，坐滿四個人以後整個車子就快沉下去了，開了幾年後，車身慢慢龜裂了，顏色也褪了，不曉得當初的希望到底在哪裡。希望就像是一個深不見底的東西一樣，你伸出手一直想往下探一直往裡面摸，越是摸不到的時候，希望的價值越是存在，廣告就是用這種方式來欺騙普羅大眾。

王先生看到這台車，他記得他的女婿在很久以前，第一次開著這台車到他家，可能是移情作用吧，他那時候就對這台車沒有什麼好感，尤其是這樣幾年後再見到它的時候，好像是和深仇未解的仇家狹路相逢的感覺。

很遠的地方濃濃的烏雲緩緩地逼近，他站在車子旁邊拿著手上的一大串鑰匙一支支地在車門上試著，那是一大把的鑰匙，裡面可能有他家的、外面另一個家的、保險櫃的、也許甚至狗籠的，亂七八糟的什麼鑰匙都在上面，從鑰匙可以看得出來他女婿的為人，是一個非常沒有主張、事情做得不是很俐落的人。

王先生從女婿的小包包拿出鑰匙的時候，他就想到這件麻煩的事情：女婿應該是開車上來的。當時他望著女婿的屍體，然後看著手上的鑰匙，心裡正想著這個東西要怎麼處理掉？把女婿放在後車廂，將車開到深山裡，然後將車推下山谷，就像電影裡面一樣製造假車禍，車子在山谷裡起火。但是萬一車子沒有起火怎麼辦？或者是起火了，造成森林大火怎麼辦？他也想過就把女婿的屍體就近埋了，把車開回台北放在他們家附近，然後自己坐車回來，但是那似乎又是另外一種難度，何況是叫他開車去台北，他路真還不知道怎麼走。現在看著女婿的屍體已經被他打得稀巴爛，更不可能製造一氧化碳中毒那種自殺的情節，怎麼可能會有人把自己打得頭破血流後再放一氧化碳自殺，那種尋死的決心似乎太過不合常理了。回家的路上，他就一直在揣摩著這個超大型的證物到底要怎麼辦，當初他異想天開想說真的就挖坑把它埋了，這是一個多麼瘋狂的事情，有人挖坑埋屍體，埋不義之財，但就是沒有聽過埋車子。

雖然這件事情很瘋狂，但是就在他打電話給老李那時候，他就下定決心了，他唯一的擔心是女婿會不會已經換車了，換了一台小客車或是中型巴士。

他上了女婿的車，很小心開上馬路，繞了一個大彎以後，來到蘭花園的山腳下，整個路程他非常小心，不超車，不超速，也不逆向，在路上看到熟悉的鄰居他把頭不自覺低下，然後緩緩開過，一直開到蘭花園山腳下。

當初在闢建這蘭花園的時候，王先生刻意把通往蘭花園的路坍塌荒廢掉了，最主要是讓這裡變成一條無路可走的產業道路，現在這條路上荒草蔓蔓，長年以來那些糾纏不已的野草已經讓原先的路徑看不出痕跡了。他停好車往上走，他邊走邊量著路的寬度，他不希望在開上來的過程整個連人帶車就往山下滾下去。路雖然坍荒已久，從外表上看不出來，但是你走上去之後，還是可以感覺到有一條路扎扎實實地躲在草叢下，而且保留了足夠的寬度可以容納車子經過。王先生已經沒有什麼選擇了，唯有把這台車開上蘭花園才有機會解決這個證物的問題。他重新走下山。上了車，王先生加足馬力，直接就上坡了，在轉過彎的地方，車子絲毫不留情面地停了下來，由於路面很陡，加上幾天來的陰雨不斷，雜草叢生的路面又沒有什麼抓地力，真的要讓這台車子上去好像是太強人所難了，不管油門再怎麼催，輪子除了不斷的空轉，已經沒有上去的機會了。王先生下了車，看到輪子已經陷在一個很光滑的小凹坑裡了。

天開始慢慢暗下來了，雖然才兩三點而已，但是山上天暗下來，霧就來了，隨後雨躲在霧裡面偷偷摸摸地飄了起來。

王先生沒辦法了，再度上了車，把車放到倒退檔，加了油門，緩緩地倒退回去，最後把車停放在山壁的邊邊角，他沿著當初車子上來的方向往回走，整個道路上空蕩蕩的，還沒到老李家雨就飄下來了。

老李見到他的時候感覺好像已經等王先生很久了。老李就像是另外一個王先生的翻版，小孩子都離家而去了，只剩下他和他老婆兩個人守著一間破房子。小怪手就停在外面，王先生在老李家待了一會兒，事實上他已經沒有任何心情想待下來，只不過是要表現出生活跟往常一樣，沒有任何改變，沒有為任何事情著急，也沒有為任何事情而擔憂的樣子。他們提到之前才送走的老孫，很慶幸地，王先生沒有在老李這邊聽到任何關於他兒子的事情。

對山裡面的人而言，操作小怪手就像騎摩托車這麼容易，山上的農事大部分都是挖土移石的工作，小怪手在山上是一個必備的農具。小怪手一步一步地壓著路面，往蘭花園的方向走去。王先生將雨帽戴起，雨絲飄在能見度極差的山路上。

小怪手又回來原先上坡的路段，他看到那台小日本車還靠在山壁上。對於這個全部都是鐵製的農具車而言，基本上它跟軍用坦克一樣都是屬於同血緣的親戚關係，走在上坡下坡、石頭爛泥上面完全難不倒它。王先生將小怪手停在正要轉彎的坡道上，抽出附著在怪手上的救難索。他走向女婿的車子，把車子正擺在怪手後方，他將怪手上的救難索套在轎車的底盤下，緊接著他又回到小怪手上面，開始將女婿的車往上拉，怪手過了轉彎，他又再下車進到女婿車調整好方向盤，將輪子偏向一個角度以便讓車子在過彎的時候可以緩緩地轉過去，就這樣來來回回了三、四次，一點一點地將車子轉上了直線上坡道。

車子終於拉上去了，王先生將轎車停放在森林的入口，入口出來前面剛好有一個小平台，它是從單軌車終點站一直延伸過來的，平台面積不大，兩邊下去就是一個大斜坡，王先生站在平台上面，看著女婿的小轎車，他心裡度量著要怎麼來挖出這個坑。

需要花多少時間才能完成挖坑的工作，他心裡面沒有任何想法。再次啟動小怪手的時候，天已經完全暗下來了，他發動轎車的引擎，藉著轎車大燈投射出來的光，一鏟一鏟的土被怪手挖起來，堆到斜坡上。

時間不知道過了多久，可能過了吃飯時間了，迷迷糊糊的阿川在小屋內醒來，他隱隱約約聽到外面的機器聲，另外加上肚子餓了，他透過窗戶看到森林入口的地方有一些事情正在進行著，這時候雨已經停了，霧也散了，他靠在窗戶欄杆上仔細看著，剛開始的時候他只是看到一隻大手臂在空中揮舞著。

慢慢地他發現王先生坐在一台車上面，從車子裡延伸出一隻手臂來，手臂不斷在空中左右橫移，然後又探進地上，挖出一堆土往另外一邊倒掉，剛開始的時候他沒辦法了解王先生的意圖，阿川看了很久，他對於王先生這些重複單調的動作感到非常有趣，好像觀看一個全新的行為藝術一樣。

突然引擎聲停下來了，老先生從機器上走下來，停在另外一台車旁邊，他大步的圍著車子四周走著，有時候停下來丈量一下車子的高度，大概是到他胸前的位置，王先生用手筆畫著。

其實埋這輛車子對整個消滅證物有多大的幫助呢？王先生心裡已經沒有底了，他看到自己一鏟一鏟挖出來的土，慢慢了解到這個真的是一個不小的工程，就算車子埋下去了，之後這些土要怎麼處理，他心裡沒有回頭路了，只能這樣一直挖下去，埋完車剩下的土就讓雨水慢慢自然地沖刷掉吧，反正這地方還有誰會來？頂多兩個星期吧，痕跡就沒有那麼明顯了，他一直說服自己埋車是最好的方法，最後他也相信了。

挖這個坑，比想像的容易，不到半夜的時候就已經挖完了，王先生走下坑，他望著坑內四周的壁面，一痕一痕的，好像被什麼厲鬼抓過一樣。他坐下來，靠著壁面，一整天下來，他已經餓到忘記什麼叫飢餓了，他仰望著天空，星星也出來了。

突然間他感受到這輩子沒有過的寧靜，他似乎很滿意這個成果，他竟然能獨力挖出一個這麼大的坑，在以前大屠殺的時代，這個坑應該至少可以埋進上百人的屍體吧，他又想到了，如果這個坑最後只是一個人使用的話，那真的是太便宜他女婿了。他仰望著天空的星星，在山上住久了，他都已經沒有記憶他上次仰起頭看這些天空裡的大石頭是什麼時候的事情了。

車子緩緩地沿著坡下來，王先生在挖這個坑的時候，他還有考慮到一些物理現象，他刻意留了一個斜坡讓車子緩緩下來，下到坑底。可能是太累了吧，一時頭腦沒有很清楚，王先生在算這個坑的大小的時候，他的寬度完全就照著車子的寬度來挖，他忘記把車開進去以後他還要開門出來，這個坑完美到車子剛好進去，但是沒有留下任何開門的空間，他一直到要出車門時才發現到這件事情，他開門的一剎那整個車門被擋住了，大概只剩下半條腿的縫隙，整個人要出去是完全不可能的，他來回開了幾次門，試圖想擠出更多的空間讓人可以出去，王先生把門關起來，發現這是不可能的事情。他費了好大的勁開了副駕駛座的門，另外一邊的縫隙，大概是半顆頭的寬度吧，他又關上了副駕駛座的門，這時候他真的慌了，他搖下座位旁邊的車窗，想從車窗擠出去，但窗口緊貼著土牆，最後他也放棄了。

他真的不用再浪費時間了，王先生可以就這麼坐著，也許三天五天後，附近鄰居到處找不到他，終於上來這個蘭花園，發現他就坐在這台車裡面等著鄰居把他救出來，到時候他還有什麼謊言可以編呢？那些鄰居可能都不是很聰明的人，但是如果聽了王先生說他想挖個地下停車場，讓車子可以避免風吹雨淋，有時候甚至可以坐在車裡面睡個午覺，再怎麼笨的鄰居應該也不會相信。

他束手無策地坐在車內乾耗著時間，他看到一些些微的土石掉落在引擎蓋上面，他正納悶著這些土石從何而來的時候，又有一批土掉下來了，王先生不敢往外看，在他的心裡面混合著很不寫實的靈異感，那麼晚了會是誰站在坑外面？把東西丟下來，好像是惡作劇一樣，是那個借他挖土機的老李嗎？還是女婿根本就沒有死？還是死了又活回來了？

砸下的土堆越來越多，而且速度越來越快，一副就是想把他活埋的樣子。

他再也忍不住了，他在車內緩緩移動著身體，透過前擋風板看著外面，隱隱約約地他看到一個健壯的男子，手上拿著鏟子，充滿幹勁地把外面的土一鏟一鏟地往坑裡面送。坑上面的男子似乎也看到車內的王先生終於露出頭來了，他停下了手邊的工作和王先生打了個招呼，他不是老李也不是王先生的女婿，是阿川。

王先生心裡想著，這小子不知道怎麼從小屋子裡面跑出來了，半夜裡還跑來這裡惡作劇，王先生心裡鬆了一口氣，如果是阿川的話就應該沒事了。阿川露出了一個很淺、不容深究的笑容。隨後他低下頭來，很快地把土又往坑裡面送了，王先生慌了，他拍打著擋風玻璃，心想阿川可能在夢遊，他大力地拍打，試圖把他叫醒，阿川完全沒有停下手邊的工作。

再這樣下去的話，我是真的可能會被活埋在車子裡了，王先生的心裡面竄起了一股涼意，王先生繼續大聲地叫著阿川，但是聲音完全被崩下來的土掩蓋住，他好像是叫給自己聽一樣，他越叫越慌，要是真的被活埋在車子裡的話，那真的是死得太冤了，他花了那麼大勁兒把車子弄上來，不吃不喝地挖了這麼大的坑，好像跟自己開了一個大玩笑，這個坑竟然是要埋自己的。王先生不再多作想像了，他把排檔桿放到倒退檔，加足了馬力想把車子開出到坑外。

當初設計這個坑的時候本來就不是設計停車用的，他根本就沒有想過車子開進來還要再開出去，所以王先生做的下坑坡道是蠻陡的。整個坡道由於是非常潮濕的泥地，車子下來之後，照理是不可能再上去了，不管王先生加了多大的油，輪子就只能在原地打轉而已。阿川似乎察覺出王先生想把車子往後退，他加緊了速度，把大塊大塊的泥往車子上倒，由於強烈的撞擊，車子的擋風玻璃都已經破掉了。由於過度的驚恐，王先生終於把自己嚇醒了，一場惡夢把他嚇回到現實。

他驚魂未定地坐在地上，之前的時候，他不經意地靠在泥土牆上睡著了，可能是太累了吧，或是不知不覺地被天空上的星星一閃一閃地哄睡了，他睜開眼，星星還是繼續閃著，他心裡面有種說不出來的踏實，畢竟就是一個夢而已，車子還在坑外，阿川也還在屋內，女婿也沒有爬起來，他很感謝老天爺託了這個夢給他，因為這個夢提醒了他一些事情，那就是這麼長時間挖坑的工作，他已經忘了女婿的屍體這件事了，而且當初要是這樣傻傻開下來的話，他可能一輩子要被困在車子裡面，這真的是比死還要痛苦。另外，這個夢也告訴了他一個事實，他真的非常懼怕阿川。

王先生站起身，再重新看著這坑的四周，他突然感覺到這個坑變得好大，他突然害怕起這個坑，感覺站在坑內，自己好像被黑暗包圍住的樣子，他急忙地走出去。

他走回蘭花園，經過小屋的時候，他看到了阿川靠在窗口的位置，看著他，他刻意繞過去，頭也沒抬，直接就走到了女婿的位置。他的臉開始浮腫，血也凝固了，臉上在很短的時間內爬滿了不知名的小昆蟲，有些蟲子甚至在鼻孔穿進穿出的，他抬起了女婿的雙手，將他往小屋的方向拉去，屍體經過了小屋，最後把他推上了一個平板車。

王先生雙手穿過女婿的腋下從後面把他抱起，女婿的頭就靠在王先生的肩上，這個時刻是這對翁婿最親密的一段時光，他仰著臉半閉著眼睛拖拉著女婿的身體，唯有這種姿勢他才有辦法把他丟進轎車的後行李箱，蓋上後車廂，他又走進駕駛座發動車子，把車頭非常確實地對準下坡道的方向。

女婿那台可憐的小轎車非常順利地停進停車格裡了。王先生用那台怪手的手臂頂著轎車的後方，一路把它推下坑去了。

月光在轎車車頂上泛出一個青藍色柔和的光芒，對女婿而言，這台車除了是一個陪葬品以外，還是一個非常有設計感的棺木。

十五

昨天晚上阿川作了一個夢，那個夢作了很久，好像花了一輩子在作這個夢一樣，夢裡大部分的時間就是他在開車，車子在整個山路上盤旋著，無止無盡地不知道要開到什麼時候，剛開始的時候，那就是一個沒有故事的夢，就是一直在開車，夢裡面的阿川開車開得非常心煩，現實中的阿川一直希望能趕緊從無聊的夢中醒來。阿川在夢裡彎過一個山的大轉彎後突然看到一條小路，一條窄窄的沒有鋪上任何柏油的路，路不是很明顯，就是一條單向的路延伸進去山裡，可能在山上盤旋過於無聊了吧，他開進去希望在夢裡面尋找到故事，進去以後發現這也不是一個很好的選擇，整個路已經不像之前是盤著山在轉，而是真正進到山裡面，路非常窄，山壁高聳，路面的另外一邊就是懸崖，好幾次，因為路面過於驚險，阿川幾乎已經快從夢裡面驚醒過來了。

時間在夢裡似乎已經完全不存在了，唯一能辨識出的時間就是太陽正在非常高的地方，這時候路的前方出現了三個人，他們背對著阿川走在路上，突然間他們停下來，好像聽到阿川的車從遠方而來，他們轉過身，站在路邊伸出手，阿川心裡面正猶豫著是否要將車停下來，他被喚醒了，他聽到小屋外發出了轟轟轟的聲音。

從那時候開始他一直看著王先生忙著把女婿放上車後將車推往坑內，那時候他才明瞭王先生挖這坑是做何用途。等到把整個土再掩埋回去，把地整平，天都已經亮了，最後王先生開著怪手下了山。他身處在小屋裡面看著這老先生的一舉一動，剛開始認識這老先生時他不覺得他有任何的威脅性，他就是一般我們認為的一個老頭，甚至可以說是一個可憐的老頭。這幾天下來，阿川慢慢同情他了，但是這同情只是一個很不確定的想法，他甚至連同情是什麼意思都還不是很清楚。

整個白天阿川躺在床上，大部分時間他都在想著老先生昨天晚上做的事情，把老先生整個晚上的影像不斷地一個一個拿出來。他印象中最深刻的影像是老頭子走下一個他挖出來的坑，很長的一段時間王先生就沒有再上來了，那時候他在想老先生怎麼走下去就不見了，他曾經緊張了一段時間。

其實那時候王先生正在坑裡面作著兒子謀害父親的夢。

王先生下山後不到傍晚時間又回來了，手上拿著兩個小鍋子，他從小屋的洞口把其中一個小鐵鍋遞給阿川，老先生端著他的小鍋子就在外面吃了起來。阿川手上拿著鍋子，這是一個大小非常奇怪的鍋子，鍋子有點深，不大像是特別放在餐桌上裝飯或是裝湯的東西，感覺上比較適合放一些飼料，適合那些舌頭很長、可以舔得很深的動物用的器皿，一般使用筷子的人們是不會使用這種東西來吃飯的。

不知道從什麼時候建立起來的習慣，也許是上次被王先生下藥過以後，他對每次拿過來的飯盒，總是會捧到小屋的燈下面，先非常仔細地看著，倒不是說真的要檢查是否飯盒裡面被下了藥，他總是會先翻了翻米飯、菜餚，花了些時間看過以後，他才會真正動筷子。他看著手上這盆食物時，忍不住皺了眉頭，那些一再重複被煮過的青菜、肉類，散發出一種非常憂鬱的情調，他撥著那塊紅燒肉，來來回回看了幾次，他又走回去小屋的洞口，然後把臉靠在上面，很無奈地看著老先生。

王先生昨晚將怪手還給老李的時候，老李不在家，他把怪手停放在他們原先停放的位置，然後跟老李老婆交代一聲後就回去了。回到家洗個熱水澡，也已經中午了，飯也沒吃，整個人就躺在床上，身體的骨頭好像變成化石一般堅硬，王先生躺在床上，全身每一處都僵硬痠痛，他非常累，但是又睡不著，不知道經過多少時間，他真的很希望能一直睡下去，經年累月地睡下去，睡到風頭過去，再也沒有人會來問他女兒女婿的事情。但是睡覺對他來講是多麼奢侈的事情，他非常艱難地坐起身來，走到餐廳旁邊的小置物櫃，他從櫃子裡面拿出一包藥，藥包上面還寫著王天佑的名字，這包藥是前幾天他下山去跟吳醫師拿的，當初他就糊裡糊塗地拿了五六顆混在湯裡面給阿川喝，他倒出了兩顆藥丸，心裡面掙扎了一下，最後他拿了一顆和著水一起吞下肚子。

這顆藥不吃還好，一吃下去整個精神就來了。

他現在的好精神當然不是來自安眠藥，是來自於那千百個堆積在心裡無法解決的事情，雖然表面上他都處理完了，好像也沒有留下什麼蛛絲馬跡，對他老人家來講，你只要不要抓到任何證據，不要看到屍體，總是可以用「不知道、不知道」把一切事情說過去，他已經有心理準備，下半輩子最常要講的話就是「不知道」。

他床也不躺了，整個下午就在房裡一直踱步，他心裡面一直在用不同的語氣默數著

「不知道」，有長嘆型的，有短嘆型的，有疑問型的，甚至果斷型的。有時候走著走著他會算著自己的步伐，他會算從門口到浴室的距離，最後他發現從他的門口到浴室剛好是五輛車的長度。他沒有意識到自己在做這些無聊的事情，是這些事情不斷地重複再重複之後，他才感覺到為什麼要做這些事情，就算他意識到的時候，他也會把這件事情做完，甚至再重複做一次。

當太陽的影子從室內的角落移到餐桌上的時候，王先生無意間看到餐桌上的剩菜剩飯被曝曬在太陽的餘暉之中，那是前一兩天一直留下來放在上面的，還是那些肉那些菜，他走到廚房打開電鍋，發現鍋子裡面還剩下一半的飯，他用兩個小鍋子，把餐桌上的菜和飯混在一起。

他再回到山上蘭花園的時候，他先到了埋女婿的位置，他看到自己昨天晚上的工作做得還蠻完整的，整片的地都被他壓平了，當然還留下非常多的土散落在斜坡上面，但他相信兩天、三天，這些土都會被雨水沖刷到土壤裡面。

現在他站在這塊地方，剛好就是埋車的地方。雖然王先生是一個不信神鬼的人，但是王先生突然發現他現在所站的位置是一塊墳地的時候，他的腳不自覺地挪開了，挪開到斜坡的邊邊角，現在他有點後悔當初沒有經過深思就選了這個位置來埋車子，因為這是往後王先生要到山上查看水源時的必經之地。

現在後悔來不及了，這幾天，山上的森林多了兩具屍體，再怎麼不怕鬼神的人，每天工作的地方都要面對這些東西，王先生的心裡面真的有點過不去，他甚至考慮到想把山上的蘭花園廢了，但是往後的日子要怎麼過下去？帶著一個有問題的孩子，沒有工作，沒有收入，一波又一波的東西不斷累積在他心裡。他走進了森林，往蘭花園的方向走去。

沒想到兒子對他鍋子裡面的飯完全不領情，王先生也知道這些東西食之無味，但是又能怎麼樣呢？他平常也都是這樣吃的，一個住在山上的獨居老人也不可能隨手就可吃到御飯團或是握壽司。通常他都是兩三天甚至一個星期煮一次，慢慢吃著這些食物，味道也許不好了，甚至有些變味了，但是長久以來也就習慣了，滷的肉越煮越鹹，煮的菜越煮越爛，但有什麼辦法？

阿川已經等不及王先生的冷漠了。

「你那鍋看起來好像比較好吃。」

王先生停下手上的動作，看著他手上的小盆子。王先生手上的小盆子是有花紋的法瑯材質，雖然盆子上斑駁不已，但是怎麼看都比阿川手上那凹凸不平的小鋁鍋高級。王先生正在納悶著阿川竟然只會光看外表的盆子而羨慕他手上的飯，也許下次他會準備好一點的容器，甚至將飯菜擺設更精緻一點。

「你紅燒肉的醬油放太多了，而且肉的部位也買錯了。」

突然，王先生的心裡面沉默得像萬丈深海一樣，他繼續扒著飯一句話也沒說。但心裡納悶為什麼這個怪怪的兒子對這些吃的東西那麼有想法。

阿川的臉退出洞口，他已經不會想再碰鍋子裡的任何東西了，他在小屋內走著，突然他自言自語了起來。

「昨天晚上我作了一個夢，我夢到我在開車，開在一個山路上，最後轉進一個更偏僻的山上小路。」阿川一直敘述著這個夢，他敘述得非常仔細，好像是他親身經歷過的事情一樣，一直講到最後面他遇到三個人。

「後來我遠遠看到三個人，他們身上背著東西，好像是獵槍，突然間他們轉過來舉起手好像要搭我便車的樣子。」阿川走往小洞看著王先生，王先生沒有停下筷子，繼續若有所思地吃著東西，其實他一直很仔細地聽著阿川這個故事，雖然王先生沒有念過什麼書，也不懂得什麼精神分析這類的學問，但是他很用心地去想這個故事的原委，好像他能夠參透這個夢的話，他就能救回這個兒子一樣。

阿川繼續說：「我問你，如果是你，在荒郊野外的山上，你會給他們搭便車嗎？」

王先生心裡面想著這三個人，為什麼會是三個人？是哪三個人？現在死了兩個人了，加我一個就三個人了嗎？難道他最後會殺了我嗎？想著想著突然耳邊一個聲音響起。他轉頭看著阿川，發現他將手從小屋的洞口伸出來，用拇指跟中指打出了數聲的爆裂聲，王先生心裡面氣炸了，他看到自己兒子這種行為，好像是一個很無禮的年輕人刻意用這種方式來羞辱耳聾的人。

阿川繼續說道：「會嗎？你會給他搭便車嗎？」

「那你後來有給他們搭嗎？」王先生不知道這個問題的玄機在哪裡？他把自己的答案保留下來了。

「我後來就被你外面的挖土機吵醒了，其實那時候可以叫我起來，你可以找我幫忙，兩個人一起做會比較快。」

王先生無語，拿著兩隻筷子不停地翻攪鍋子裡的飯菜。沒想到一個簡單的吃飯，竟然又把他戳得千瘡百孔的。王先生對他的夢根本參不透什麼生命的謎語，但是最後那句話，卻讓他領悟了他這幾天的所作所為。阿川對王先生而言，不管他犯了什麼錯，他都希望能盡量包容他，幫他把所有事情藏好。後來他也殺了人，兩個人綁在一起了。但是王先生發現另外一個被綁的人好像真的沒有那麼喜歡他。

阿川跟王先生講完夢之後，心裡面覺得非常的煩躁，他也沒有刻意要講一些很難聽的話去刺傷這個老先生，可能是一個沒做完的夢就像一件未了的事情一樣，讓他心煩。至於飯菜好不好吃，並不是那麼重要的事情。剛開始他想要以比較嘲諷的方式說王先生那個裝在精緻碗裡的東西比較好吃，只是後來沒想到心情越講越不好，最後講出了「其實你可以叫我起來幫你」，他覺得那句話真的是刺傷了王先生。

他在房內踱步，然後伸出巴掌，用力地把房內的鍋蓋燈打了一下，鍋蓋燈上面積存了數十年的灰一次性地飄落下來，整個室內飄散著細細白白宛如頭皮屑的東西，他看著他的碗上已經覆蓋著一點點白白的小東西，他也沒有心情吃了，他放下了碗坐在床上，看著那顆被他打過的鍋蓋燈來回左右地飄著。至於老先生什麼時候走的他也不知道。等到他站起來偷偷從小洞看出去的時候，原先老先生坐的地方已經沒人了。

十六

夜晚來得特別急，好像王先生一走，黑夜就跟著來了。他在室內踱步，他慢慢開始注意到室內環境所有的細節，牆上有很多的痕跡是以前掛的東西所留下來的，就像你把一幅掛在牆上很久的畫拿下來之後，牆上留下了一個畫框大小般的痕跡，那是一種時光遠離所留下的不捨的味道，不只在牆面上，地面上也是，他看到自己的床腳下面壓著一個厚厚的紙板，他把它拿出來後發現整張床失去了平衡。其實那不是紙板，那是一張曾經被撕下來的月曆，摺了好幾摺後變成一個很像厚紙板的東西，拿來墊在床腳下的，他把它打開，那是一張將近二十年前的月曆了，月曆上一個女孩手拿著一杯上面插著小雨傘的熱帶果汁，坐在海灘上很清涼的樣子，她身上披著薄紗，很嫵媚地看著鏡頭，由於整張紙是陳年被壓著，橫豎的摺痕交錯著切割畫面，他把紙重新摺好，又再放回床腳下。

他慢慢地發覺這曾經是一間有人住過的房間。包括床邊的小桌板上面，雖然不是很明顯，但如果仔細看的話，有一圈一圈的水痕，那些痕跡都好像是大大小小的杯子或是碗所壓出來的。他想到前兩天看到一個類似超迷你型的龍捲風捲著一團小東西在牆角轉啊轉的，當初他好奇走過去看，後來他把東西撿起來，那是一堆捲在一起的細線沾著厚厚的灰塵，但是仔細一看，那不是細線，那是一團長短不一的頭髮所集結在一起的，當初他不以為意就把它丟了，現在他蹲下來開始找那團髮絲，在門邊的地方發現它就被卡在一個角落裡，他再次把它撿起來，很仔細地如抽絲般一根根把頭髮拉出來，那是屬於髮質很細軟的頭髮，灰白色，可能是由於長時間離開主人，失去了養分，輕輕一拉就斷了，他發現他抽出的每一根細髮應該都是屬於同一個人的，而且看那個長度及髮質應該不是屬於老先生的，除非老先生這幾年體質變了，幾年前的他也是一頭秀髮也說不定。他想著老先生的頭頂，幾根灰髮很不情願地插在他頭上，好像隨時要離開的樣子。他也想起了那位死在他刀下的女人。這些疑問慢慢地累積起來，讓他對這個小屋裡面更覺得好奇。

還有一個新發現，一個掛在門邊的鐵網，阿川走上前，事實上它不是一個鐵網，它是老先生在蘭花園裡面置放蘭花苗的鐵架。當初女婿被王先生用圓鍬擊倒的時候就是撲倒在這鐵架上面。它是一個淺淺的網狀架子，小小的不大，把蘭花苗放在上面剛好適合一個人提起搬運它。由於鐵網就這麼很自然地掛在牆上，感覺上好像它就是牆的一部分，當初王先生可能沒有注意到就把它留在這裡了，也有可能他不覺得這可以變成傷害人的武器。阿川注意到網子交錯接縫的地方已經斷裂了，他靠過去用一手扳動斷裂面，再用另一隻手壓住蘭花架，他來回搖動架子，將一塊鐵網扯下來。

鐵網是由圓柱狀的鐵條所交錯成的，雖然不是很粗，但是沒有那個接縫的斷裂的話是無法把它硬扯下來的，阿川扯下一部分以後，放在他手上就像是一個鐵爪一樣，四個尖尖硬硬的東西伸出來，阿川看著這個小鐵爪，折斷的橫切面非常銳利，他拿起鐵爪往自己的脖子微微地抓癢，似乎是想試試看它的銳利度，他嚇了一跳，似乎邊緣的銳利度超乎他想像，他將鐵網伸到背後，探索那一輩子都到達不了的癢處。

「同學，同學。」一個非常怯懦的聲音小聲地響起。

小吳事實上已經在外面待了一陣子了。

今天晚上他本來想去看王先生，到他家發現大門已經鎖起來了，他看了看手錶，時間也沒有很晚，他就一個人走上山來了。

他上到蘭花園的森林時，森林起了大霧，他站在森林的入口，感受到一個非常不一樣的氣氛，他突然感覺到他開始害怕這個森林。在山上當警察，什麼再黑再暗的地方沒去過，但是就這麼第一次他要進到森林裡的時候，一股冷意從他背後升起，他不是害怕住在裡面的阿川，他是害怕整個森林，森林好像是幻化成一個惡魔一樣，從上方俯視著他。

他望著眼前的森林，森林裡蘭花園的燈還亮著，在濃霧的深夜裡，這些朦朦朧朧的燈好像是一些不願意散去的幽靈一樣，小吳在森林外徘徊了很久，他還是走進去了，他慢慢地接近房子，開始的時候他從遠處慢慢看著阿川，他透過窗戶，看著阿川在房內走著，他慢慢繞過小屋，從洞口想更仔細地看著阿川，事實上他在喊他「同學」之前已經站在洞口望著阿川一陣子了。

他望著阿川在屋內角落低著頭，小吳忍了很久，用一種很沒信心的聲音叫著「同學」。

阿川聽到聲音時，他正在低頭看著鐵爪，他轉過身，又看到了這位陌生的同學，他把鐵爪藏在身後，緩緩地接近洞口。

小吳看到阿川接近的時候很不自覺地往後退，他發現對方似乎對同學這稱謂好像沒有很領情的樣子，他看到一個非常堅硬的沉默，硬得就像一塊磚頭一樣，他感覺到如果他不出聲的話，他們兩個可以就這麼站著一輩子，阿川什麼話也不會說的。

「同學，你還記得我們四年級的黃老師嗎？」

阿川繼續沉默著，他看著這個陌生人。對阿川而言，小吳就像一個無害的小丑一樣，他偷偷地把鐵爪插在身後的褲袋，摸著自己的臉，想更認真的看他表演。

「就是那個你很幹的黃老師啊！我上星期還遇到他耶，他和我提到你，而且也說到你惡作劇的事情。」

小吳看阿川臉上的表情沒有太大變化，更激起了他想藉由這個故事來喚起阿川的記憶，就算沒有喚起任何的東西，講個有趣的故事對兩個人總是好的。

「你還記得嗎？有一天，你把我拖到廁所，攤開一張報紙，你脫下褲子，直接在報紙上大便，大了一坨，那時候我真的嚇壞了，我不知道怎麼回事，後來你就對我笑了一下，我記得非常清楚你當時的笑容，後來你把褲子穿起來以後，很小心地把大便包起來，就這樣拎到老師的宿舍。」

小吳講到這裡的時候，手腳都開始比畫起來了，他很投入在自己的表演中。

「接下來你狂按黃老師的門鈴，然後你把那坨報紙放在他們家門口，然後在報紙上點火，你把我拖到一旁躲起來，黃老師開門出來看到門口沒半個人，他罵了『幹』，他又看到地上有一團火，伸出腳，往那坨報紙拚命地一直踩一直踩。」

小吳最後的表演非常精彩，他自己死命地學著黃老師的樣子，踩著地上，很不自覺地興奮了起來，但是他發現阿川的沉默已經不再像是一個磚頭了，他就像一座山一樣，搖都搖不動。曾經一個那麼共同美好的東西，再重新講述起來的時候，竟然當時的主事者一點都不領情，當時的他就是跟著阿川到處跑著，他把他們曾經發生過的事情記得一清二楚，但是現在阿川那個漠然的表情好像狠狠地踢了他一腳一樣。

小吳從口袋裡面拿出香菸，把菸點上以後他就安安靜靜地，他已經不再害怕這個沉默了，他所面對的已經不再是過去那個阿川同學了，曾經所擁有的記憶或是快樂時光，那些都已經變成沒有價值的東西了，你死守著一個沒有價值的東西，所為何來呢？他抽著菸，想著曾經和眼前這個陌生人的一些童年的記憶，但是在這個時候，記憶好像是一個冷冷清清的東西一樣，它包圍著他，讓他感到無比的寒意。

阿川看著小吳，說實在他對眼前這個陌生人沒什麼興趣，他聽他講了一個古里古怪的故事，一點也不好笑，反而小吳點起了菸，喚起了他生理上的記憶，香菸在小吳的嘴裡一吸一吐，那些煙飄散著，他正想開口跟小吳要根菸，突然間小吳很快把菸丟在地上。

「同學你等我一下。」

小吳往蘭花園走去，他駐足在蘭花架旁四處張望著，突然他拿起了靠在大樹幹旁邊的圓鍬。

阿川覺得非常納悶，他看著眼前的同學，把菸丟了，走上前拿起圓鍬，那是王先生曾經殺了男子的武器，小吳是發現什麼了嗎？或是他想藉由這圓鍬來攻擊他嗎？阿川退了一步，從更遠的地方來看著小吳，他不自覺地把手放在後面口袋的鐵爪上。

小吳拿起圓鍬後就往蘭花園的一個角落裡走去，他找了一會兒，選了一棵樹幹，開始挖掘那深埋多年的記憶。可能是因為太專注於眼前的事情了，也可能圓鍬上斑駁的血跡已經被土弄得混淆不清了，小吳完全沒有注意到這支圓鍬特別之處，沒多久他取出了一個克寧奶粉罐，他放下圓鍬，把罐子從土裡拿出來，往小屋的洞口走去，他捧著這個東西穿過小洞遞給阿川。阿川冷冷地看著許久，把罐子接了過去，他搖一搖，桶子沉沉的，發出了不知名東西的撞擊聲。

「同學你還記得這個東西嗎？就是有一天我們贏來的玻璃珠，那時候你不敢帶回家，也不願意讓我帶回家，我們兩個就在這邊找了棵樹埋了，應該埋了二十年了，那時候我們常來這個地方玩，躲在這個小屋裡面，有時候甚至還透過這個洞，好像是阿兵哥一樣在監視著外面的一切，其實洞口外面也沒什麼事情發生，我常常假裝有一大堆狀況來向你報告，你媽走了以後我們就沒有再來這個地方了，你的話也變得很少了，後來你出去工作了，你回來的時間很少，但是這些年來我常常還是會到你家去看看你爸爸，順便看你有沒有回來。」

阿川還是沒有講話，他夾著食指跟中指放在嘴巴上，一副要抽菸的樣子，小吳一下反應不過來，阿川不斷比著抽菸的樣子。

「可是我沒菸了，那是我最後一支。」

小吳突然洩了氣，他沒想到他的告白只換來對一根菸的需求。阿川透過洞口指著外面的地上。

小吳很無奈地看著地上的那個菸屁股。

「那已經掉在地上了。」

阿川堅持著，小吳無奈地轉過身將剩下半截香菸撿起來。

那是一個短短的、歪歪扭扭、沾著泥水的菸屁股，就像一碗四神湯裡面的豬腸子一樣，小吳將菸遞進去給阿川。

阿川接過菸以後，他將那截豬腸子放在嘴巴上，小吳幫他點了火，阿川的眼睛被他吐出來的煙熏得瞇瞇的，他看著手上的菸。

有人說，第一口菸解百愁，第二口解千憂，第三口以後都是在解決一些人生沒有意義的事情。小吳就看著阿川一口一口地抽著，阿川手上的菸幾乎都已經快燒到底了，他又重重吸了一口，往洞外噴了出來，他看著那團煙緩緩地過來的當下，他終於了解記憶是什麼了。

年少的時候，你沒有什麼所謂記憶的問題，生活就在一個很單純的狀態下，但是當你開始慢慢成長，對青春有點懵懂的時候，所有年少時的記憶慢慢回來，一直伴隨你到成年出社會工作，年少的那些朋友以及成長的片片段段，在你長大以後，往往這些都變成一些不堪回首的東西，是成長出了問題了嗎？還是記憶本來就是一個可怕的東西。

小吳被包圍在煙霧裡，他知道現在這個同學已經不是阿川了，他比一個陌生人還陌生。

小吳已經很久不知道什麼叫失望了，山上日復一日毫無變化的生活，哪可能會遇到什麼了不起的事情，近年來最大的失望就是沒有吃到前幾天的雞血糕。但是今天晚上看完阿川後，他突然發現心裡面有一塊東西已經沒有了。

小吳一聲不響走下山了。

十七

阿川回來前和回來後，王先生的作息沒有多大改變。以前王先生吃完飯九點不到就上床睡覺了，對老人家而言，入眠不是一件那麼簡單的事情，雖然躺在床上不是那麼容易入睡，但是整個狀態就是在睡覺一樣，安安靜靜地，然後把自己慢慢送進太虛裡。現在的王先生也是一樣，九點不到就上床了，但是在床上，腦袋裡面太多東西圍繞著他，有時候在床上一陣子之後他會睜開眼睛，然後忘記他是什麼時候入睡的，或著是否已經睡過了，曾經好幾次在這種忽睡忽醒之間，他慢慢失去了時間感、甚至方向。在睡夢中，王先生甚至懷疑有人趁他在睡覺時，偷偷地將他連人帶床搬到別的地方，好幾個晚上他感覺他的床在移動。有一天，他發現自己在森林裡蘭花園附近醒來，他並沒有睡在床上，卻靠在一棵樹上面。事實上並沒有人搬動他的床，是他自己在睡夢中走來走去。

他站起來，走到小屋，那時候天還沒亮足，他看到小屋裡的阿川還在夢中，從家裡到山上小屋是一個不近的距離，他是怎麼過來的？等他走到森林入口前停單軌車的地方，他發現單軌車就好好地停在裡面，也就是說他在夢中從家裡走出來，發動單軌車，一直到森林，進到蘭花園裡，然後就靠在一棵樹上睡著了，這件事情就發生在女婿死後沒多久。可以說上次在吳醫師那邊拿的藥，除了第一次把藥放在阿川的食物裡用了那幾顆以外，現在的他就像一個慢性病患者，每天就是要吃上幾顆。女兒已經死了將近一個星期了，在這期間，藥也快吃完了，在他很煩躁的時候，他會尋求這安眠藥的慰藉。他越來越不敢出去了，他躲在房子裡面，就像被關在小屋裡面的阿川一樣，不斷來回走著，以前的他日子過得很愜意，雖然子女不在他身邊，每天不是老李就是老孫，甚至小吳也會來參一腳。現在的他，門緊鎖著，偶爾想吃飯的時候就煮著現有的東西，他的生活作息變得非常不固定，每天的睡覺已經不是在正常作息裡面了，當然他有時候會上山看阿川，然後到蘭花園裡面東摸摸西摸摸，其實做這些事情對他而言已經沒有多大意義了，他一直在倒數著自己的生命，當然不是因為他有預感他過幾天、過幾個星期會死，而是他慢慢失去了對生活的感知。

他在房裡面等待著，日與夜渾渾噩噩地在王先生的生活交替著，大部分的時間他緊鎖著門，偷偷從窗戶看著外面，就像昨天晚上他在屋內的時候聽到外面有腳步聲，剛開始的時候他以為是自己在屋內踱步的聲音，後來發現有一個慢慢走下坡的腳步聲。曾經有人說過那些走路小心翼翼的人是全世界最令人討厭的人，常常這些人不是做賊的人，但是腳步聲走得跟賊一樣，總覺得腳步裡有很多猶豫、很多不明確。腳步聲到門口停了下來，當時王先生在屋裡連氣都不敢喘，深怕被外面的人察覺到他在裡面。他傾聽著外面的聲音，外面的人來回地走著，一下子靠近門口想要敲門的樣子，一下子又走遠眺望著屋內，那是小吳的聲音。他很喜歡小吳，這幾年阿川不在，小吳對他來說是一個很重要的依靠。

但是這幾天開始，小吳就像是一隻只聽到嗡嗡的聲音但是看不見的大蒼蠅一樣，尤其他那天在森林裡面看到了他，他無法想像這個他最相信的晚輩現在對他而言是一個多麼不喜歡的人。他真的很想跟小吳講：「小吳，從今天開始我不認識你了，你不要再來找我了，你就是長得一副很愛吃、很令人討厭的樣子，我們家裡再也不會煮雞血糕，你就死了這條心吧！」但是王先生怎麼講得出來？殺了小吳可能是一個比較容易的事情。

小吳走了，他聽著小吳的腳步聲遠遠地離開了，他聽到他往單軌車方向走去。那麼晚了他想不懂小吳到底要上山幹嘛？那天晚上王先生一直很不安地在屋內繼續走著，他不敢入睡，他怕醒來後發現所有事情都變得跟他想像中不一樣了，包括阿川不見了或是小屋不見了，甚至連整個山都消失了。

十八

小吳走了以後阿川抱著這個罐子，他看到整個鏽到不行的容器，感覺它好像是埋著童年的骨灰罈一樣，他藉由這個奶粉罐想著小吳到底是什麼樣的人，他搖著奶粉罐，想從震盪出的聲音裡面找出以前的記憶。奶粉罐裡面發出了散漫、不是很集中的聲音，他左右搖著、上下搖著，沒多久他就敲開瓶口，首先拿出來的就是一個彈弓，他拿起了新玩具站了起來，用力地拉開彈弓，一聲不響地，彈弓的皮帶就斷掉了，他沒想到這竟然是這麼脆弱的東西，如果說這個彈弓是代表了童年的一部分的話，感覺上就像是一個很經不起考驗的童年。阿川望著手上斷掉的彈弓，很不經意地他從洞口往外看到一個王先生留在外面的剪刀，那是不知道多久以前他在修剪蘭花枝葉的時候所留下來的，它就放在屋外的一個小桌面上。

這好像是老天爺給他的智力測驗一樣，而且所有的線索都是王先生或是這個房子長久以來所不經意留下來的痕跡，阿川手上的一個斷掉的彈弓，屋子外面有一個剪刀，對一個不需要很高深的智慧的人而言，如果要修復這個彈弓的話，他勢必一定要有這個剪刀，那阿川怎麼拿到這個剪刀？他的手伸出去不夠長，除非他撞開門，但是撞開門走出去以他現在的狀況來講意義不大，他好不容易熟悉一個地方了，為什麼還要離開它？何況撞開這個門也不是那麼簡單的事情。王先生之前在整理房子的時候把所有危險物都已經清走了，任何會讓阿川傷人或是傷害自己的東西，都在外面的藍色雨棚下面。王先生留下了一個腳踏車內胎，這個是他常常補破裂水管的時候用的東西，可能是掛在房子牆壁很久了，在昏黃的燈光下，它好像就是牆壁的一部分一樣，或者是他也覺得這是無傷大雅的東西，塑膠胎就一直被留在那邊了，還有天花板上的水管。

阿川抽下了其中一支長水管，那支水管基本上快跟一間房子一樣長了，他看著這根水管，以這水管的直徑應該是無法把剪刀勾起來，其實阿川需要的應該是細細長長的類似鐵絲的東西，在鐵絲的一端彎個勾，伸出去，勾起剪刀，拉到屋子裡面來。他拿著水管，知道這水管起不了任何作用，阿川將水管靠在牆上，他在屋子裡包括床底下四處翻著，沒有很困難地他找到了一個連接器，連接器上面有一個開關，用來控制水量，它是一個塑膠製品放在盒子裡面，當初王先生就把一堆這種東西丟在籃子裡面沒有拿到戶外去，阿川把這個接頭從盒子裡面抽出來，他端詳老半天，然後直接把它插到水管上面，他將接頭上面的開關裝置轉成一個直角角度，現在頂端多了這個東西以後好像長了一個鉤子，他把水管往小屋洞口外伸出去，將前面的裝置慢慢的把剪刀拉到桌緣，讓半個剪刀柄伸到桌子外面，然後他將連接器開關套進剪刀柄裡，拉了起來。沒有很困難地，他手上就多了一把剪刀。

他用剪刀剪下一段跟原先彈弓一樣長的塑膠內胎，阿川很細心地修剪內胎的寬度，並試拉著它的鬆緊。彈弓的底座是一個分岔的木頭，以原來作工的細緻度應該是王先生做給他兒子的，當初他也是用塑膠內胎所製成的，只不過在木頭基座跟輪胎接觸的地方，王先生用鐵絲纏繞了好幾圈，讓它緊緊地固定在木頭上。當初在做這個彈弓的時候，想必那個小阿川眼睛睜大著看著爸爸做這個東西，透過小阿川眼中的好奇和興奮，不知道帶給王先生多少的滿足。現在的阿川，已經沒有什麼所謂好奇或興奮的眼神，他就一個人孤零零地做這個東西，他就是在修理一個他自己弄壞的玩具，由於他找不到鉗子或鐵絲，所以在基座跟內胎接合的地方，他剪下了細細的內胎不斷地纏繞著，然後來來回回地打結、緊綁著，再纏繞、再打結，他試拉了一下，整個塑膠緊抓著木頭底座。

他站起來，抓起了幾個彈珠，試放在彈弓裡面，從小屋洞口射出，他對這個小小的但是充滿力量的東西感到興奮，從住進來到現在他第一次感受到自己存在的價值，他瞄準了彈弓，不斷地往屋外射出，剛開始沒什麼目的，後來慢慢地，他試圖去瞄準外面的燈泡、花朵，他發覺瞄準竟然不是一個隨心所欲的東西，試了幾次下來他就放棄了，他把彈弓丟到床上，然後把水管放到原來的地方，他又看到那把剪刀，原先他想把剪刀藏起來，後來他想著：我要這剪刀幹嘛？而且老先生一定會知道他剪刀不見了，到時候他懷疑到我頭上來，我不就成了一個偷東西的人了？當然成為一個小偷也沒什麼大不了的，但是如果他就這麼把事情做了又沒有人知道那不是更好？

他決定把剪刀放回去，他又拿下了水管裝上連接器，再把剪刀掛在上面，緩緩地把水管伸出屋外，他把剪刀放回桌子，而且幾乎是原來的地方。

十九

森林裡面下雨了，雨滴落在小屋的鐵皮上，滴滴答答滴滴答答，剛開始躺在床上的阿川還以為是什麼聲音，等到雨漏進小屋裡來的時候，阿川才突然驚醒。雨滴穿過屋頂，一滴滴地滴在他肚子上，他起身，很快地床上積了一灘水，他毫不猶豫地拿起了便盆放在床上。水滴在便盆裡敲出了悶悶的回音。

他已經忘記時間到底過了多久了，也許是小吳來的同一天晚上也說不一定，他記得那天他放完剪刀以後，沒多久他就睡著了，前幾天，白天的時候總是會看到老先生，但是感覺上他已經有很長一段時間沒看到他了，他懷疑老先生是不是把他忘了。

阿川不知道經過多少天沒有吃沒有喝了，他的神志異常地清楚，只是感覺到口腔某個角落在慢慢地潰爛，這個潰爛不是某個病菌所引起的，而是食物所引起的。這幾天下來，王先生所提供的食物在營養學上都是一些非常不及格的東西，這些食物由於來回烹煮太久，除了失去原先食物的味道以外，滲透在食物裡面的調味料已經把這些食材濃縮成強烈的刺激物，再加上不知道多久以前王先生給他的那瓶水早就已經喝完了，現在他的嘴巴內彷彿戈壁沙漠一般的乾燥，其實不止只有這樣，這幾天下來，阿川的身上一直有抓不完的地方，不管小腿、手臂甚至背部那些抓不到的地方，這些地方不知道被什麼不知名的小動物侵犯著，雖然王先生當初很貼心地在床上幫他弄了蚊帳，但是由於這小屋子長久未被使用，阿川的身體頓時變成這些咬人小東西的快樂天堂。

阿川不知道從哪裡找出了一個手電筒，它不是手把式的小手電筒，而是一個手提式的大手電筒，在握把底下有一個大電池。阿川打開開關，他把燈從底下照著自己，宛如是一個老式的恐怖片裡，把自己製造成一個邪惡的人，當然阿川不知道這些高深的電影理論，他把燈照著自己只是出於好玩而已，這類型的手電筒的光非常強，射程也非常遠，是居住在山上的人最常必備的東西，拿著這種手電筒走在晚上的山區，從遠遠的地方就可以看到這手電筒所射出的光芒。

阿川近距離地感受這強烈燈光的照射，他睜不開眼睛，他將光轉向，照著屋內四周，在平常白天的時候他曾經這樣很仔細地看著房子四周，雖然每個東西被清清楚楚的呈現，卻沒有那麼集中，在夜晚透過手電筒直接光的曝照，讓阿川更清楚地看見房間裡面每個細節，每個角落毫無保留地被呈現出來，感覺像是觀看徵信社的捉姦照片一樣。

其實他也沒有在屋內發現什麼新的東西，只是把他曾看過的東西更清楚地再看過一遍。他走向屋內的小洞，將手電筒轉向小洞外的蘭花園，屋外一片大雨。阿川將手電筒左右來回照射，他所能看到的是白茫茫的一片，阿川湊近洞口，更仔細地看著，他把手電筒的光遮住，又很快地打開來，一種出於無意識的舉動，阿川的手就來來回回的遮住打開手電筒。最後他關掉手電筒，把手電筒放回原來的地方，整個屋子回到原先的黑暗。

他站在黑暗的屋內，聽著雨水打在鐵皮的聲音，這場雨在短時間內是不會停的，他來回走動，讓眼睛慢慢習慣屋內的黑暗，不知道是不是因為之前眼睛受過太強烈的刺激，阿川的眼睛一直沒辦法回來現實，他一直無法看到光，整個房間裡面是一望無際的黑。他感覺到屋內所有的東西都不見了，包括小屋和蘭花園都不見了，唯一剩下的是不需要完全靠眼睛的方向感。黑就像是一個訊息一樣，阿川不曉得這個訊息要告訴他什麼，他反而鎮定了起來，在滴滴答答嘈雜的雨聲中不急不緩地走向屋內的開關，不用經過摸索，他的手直接到了開關的位置，把燈打開。所有東西都回來原來的形狀了：床、牆壁、小洞，除此以外，看到一個老人非常有尊嚴地站著，站在燈下面，他微微駝著雙肩，低著下巴，兩眼瞪著阿川。

阿川沒有害怕，他直視著老人。

老人身體動也不動，冷冷地說著：「你找我？」

阿川露出一個可笑的表情：「沒有啊，我沒有找你啊。」

老人繼續說：「反正也沒差，我正要找你。」

常常有一些沒有什麼朋友，但是自尊心很強的人，他們不願意用光明正大的手法去主動去接觸朋友，總是用一些很奇怪的理由，比如說：你有找我嗎？或是我聽誰說你有找我來作為掩飾，掩飾他們沒有朋友，或是無人找他談心的窘狀。但是老頭不是這種人，他很光明正大的、很坦蕩蕩地對阿川回應出他不一定需要你這個朋友，我是真的有事才來找你的。

「你是誰啊？」阿川繼續說道。

「連你都不認識我的話，那就沒人認識我了。你乾脆叫我送信的好了。」老人說。

「送什麼信？」

「從森林另一端來的信。」

阿川對老人說的這句話感到非常的茫然，什麼叫「從森林另一端來的信」？到底他現在身處的森林有多大？他讓他想到了之前無邊無盡的黑，他突然感覺到那個森林就像那黑一樣是沒有邊界的，對於一個沒有邊界的地理景觀，另一端到底在哪裡？但是看著前面的老人家，他不是那種風塵僕僕、大老遠過來的人，他好像就在你身邊，隨時就這樣走出來的。他所說的森林是現在這個森林嗎？還是包圍著這個森林的更大的一片森林，如果他從那麼遠的地方過來，他是怎麼過來的？

阿川有無數的話想問眼前的老人，老人這樣看著他，他似乎在整理阿川的思緒一樣，想把阿川最主要想問的問題集中出來，這是一個很漫長的過程，兩個人就僵在那邊，阿川唯一可以感覺到的就是外面的雨已經停了，整個森林安靜得像一個百年墓穴。他突然想到了老人來之前的那一段黑，他終於記起來了，曾經有一段時間他對死亡有一種莫名的恐懼，他不是恐懼死亡本身，而是恐懼閉上眼睛之後，毫無知覺，被沒有時間感的黑永遠地包圍住，有一段時間這個事情還蠻困擾他的，大概就是在他很小的時候吧，阿川被突如其來的記憶所搞混了，他現在不清楚這段記憶是屬於原來阿川的，還是他在外漂泊很久的靈魂帶來給阿川這個身體的，印象中，他對自己過去所了解的是空白的。

人類很多東西是可以繼承的，包括金錢、房子甚至手藝，但是記憶可以繼承嗎？阿川想不到這麼複雜的東西，但是隱隱約約的，舊的阿川和目前的他產生了一個很奇怪的連結，原來的舊阿川去哪裡了？他真的有離開嗎？他如果沒有離開的話，那我是誰？如果他離開的話，那這些記憶怎麼還會留在這裡。

老人也不等阿川回答了，他繼續說道：「阿川說，他暫時不回來了，你就先待著吧。」

沒多久之前，現有的阿川正在為了他自己是誰而產生了不小的辯證，但是眼前的老人竟然和他說阿川暫時不回來了，突然之間，他好像在家產爭奪中，突然搶到了土地所有權一樣，頓時間他變得理直氣壯。

「我沒有要走啊。」

「好，那我先走了，你還有什麼事要交代給阿川嗎？」

「沒有，有事我自己會去找他。」阿川用一種好像是我們兄弟之間的事，不用別人在旁邊出嘴巴的感覺說著。

老人看著阿川片刻，笑了一下，隨後他用下巴指著阿川手上那個開關，阿川不明所以，隨後老人又指了一下頭頂上的燈，他隨後明白過來，把燈關了，再一次打開燈的時候，老人已經不見了。

他走向燈，看著老人原先站過的地方，燈泡上面幾隻飛蛾繞著燈無聊地盤旋著。

二十

就在老人拜訪阿川的同一個晚上，王先生在家裡作了一個夢，他夢到他家的單軌車自發性地走了起來，他看到它走在一個深夜的濃霧裡，上面沒有坐著任何人，就這麼一直走著，刺耳的引擎聲伴隨著車體一直過來，越來越大，王先生突然驚醒，他不是被單軌車的聲音所吵醒，而是被那一長串、永無歇止的電話聲。王先生躺在床上，睜著眼細數著電話聲，他對這電話聲有不祥的預感，他睜開眼已經很久了，一直都沒有過去接電話，但是電話另一頭的人一點都沒有想把電話掛掉的想法，對方似乎是一個沒有找到你死不甘休的人。王先生想著電話另一頭的人，他會是誰？是警察嗎？還是女婿的家人？在這無休無止的電話裡面，王先生似乎感覺到電話另一頭的耐性。他起身走下床，看著床邊的掛鐘已經指著十一點半了，他走向電話，把電話拿起，電話對面是一片沉默，王先生小小聲地喂了一聲，沒有任何回應，只聽到電話另一頭走動的腳步聲，以及一些來來往往不是很匆忙的聲音，王先生看著電話，把電話掛了。

王先生不知道是該鬆下一口氣，還是該把那口氣懸得更高。電話掛掉以後，他也睡不著了，他搬了一張凳子就坐在電話旁邊，這通無聲電話宛如是一個暗語，暗示他即將面臨到的處境，雖然不是很清楚是誰打來的，但絕對不是撥錯電話或是來推銷東西之類的。從裝了電話的幾十年下來，它響過的次數都可以算得出來，大部分的時候都是小芸打來的，印象中阿川沒有打過幾次或甚至沒有打過，而那些隔壁老鄰居或是小吳，他們不是用電話聯絡事情或是交流感情的，他們都是直接過來把話說清楚。電話可以傳遞一些很隱晦、說不清楚的情感，但是也很容易喚起人們深藏在心裡面那種不知名的恐懼。

沒多久，電話聲再度響起，王先生在第一個時間點把它接起來，這時王先生反而不出聲了，他潛藏在電話的這頭。

電話的另外一頭用一個很小心、帶有些微敬意，似乎很怕傷到王先生自尊心的聲音詢問：「王先生嗎？」

這個人到底是誰？王先生心裡面想著，為什麼劈頭就問我王先生嗎，電話另一頭的人似乎非常了解家裡的狀況，為什麼在我還沒出聲之前他已經可以篤定接起電話的人就是我了？他不會說：請問王先生在嗎？或者是用「喂」來做個試探。

王先生嗎？這是他有史以來第一次聽到自己的稱謂時，竟有一種帶著涼意的恐懼爬上他全身。

另外一頭的人在沒有聽到聲音的時候又再補了一句：「喂，是王先生嗎？」

「請問你是？」王先生開始用不帶感情的語氣慢慢將自己武裝起來了。

電話另外一端的人：「我這裡是中正二分局偵查組，我姓楊，真不好意思這麼晚打電話給你。」

王先生：「剛剛電話是你打的嗎？」

「對，我打的，可能是訊號的問題吧，我一直都有聽到你的聲音，只是你都沒聽到而已。」

楊警官，他是一個如果要找你的話，天涯海角他都會想盡辦法找到你的人。他在警界已經服務二十幾年了，生命的來來往往對他來講就是每天的工作，死一個人、兩個人對他來講都不是什麼大不了的事情，他已經少掉了那種對生命的尊重，唯一保留下來的就是年輕剛入警校時那種嫉惡如仇的正義感，這些年下來，其實那些正義感都被磨成了自以為是的價值觀了。

其實之前那通電話楊警官已經讓它響了不知道幾十分鐘了，每次他用電話找人的時候，如果沒有人接，他就把電話放在一旁讓它繼續響著，他就到旁邊抽菸、和同事聊天或是在忙警局裡的事情，每隔一段時間來聽一下電話是否繼續響著，如果已經被掛斷了，表示當事人已經回來了，然後他會再補一通電話，所以太多人剛開始接到他的電話都是沒有聲音的。不管在工作或是生活上他都用這種方法來找人，雖然現在手機越來越方便了，但是他長久以來這種習慣還是保留著。對他而言，找人的方法就是讓對方的電話一直響，響到他瘋掉，自然會把電話接起來。

其實知道對方是誰之後，王先生已經沒有那麼不安了，他恢復了一副事不關己的樣子。

「什麼事嗎？」

「是這樣的，你知道你女兒和你女婿的事嗎？」

「我知道他們不見好幾天了。」
「你怎麼知道？」
「我女婿的家人這兩天有打電話過來。」
「你女婿的家人有來報過案了，你女婿有來過嗎？」
「沒有，但是他有打電話給我。」
「什麼時候打的？」
「大概三、四天前吧。」
「這幾天我們有和你女婿的公司連絡過，他們說你女婿星期四請假，原本只是請假一天，後來人就沒有回來了，打電話也找不到人，他有沒有告訴你他要去哪裡呢？」
「沒有，他只有和我說小芸還沒回到家。」
「小芸是他老婆嗎？」
「我女兒。」
「你女兒是什麼時候走的？」
「他打電話來的前幾天吧。」

「你知道你女兒去哪裡嗎？」
「我不知道。」
「你有打電話給你女兒嗎？」
「有啊，但是沒人接，」
「你會擔心他們兩個出事了嗎？」
「當然會啊！」
「你覺得會出什麼事？」
王先生整個火氣完全上來了，他對楊警官問話的刻薄程度實在無法領會。
「偵查組先生你這樣叫我怎麼回答？」
在這一來一往完全沒有情感交流的問答中，楊警官就是有那個能力把人逼到一個非常不開心的境界，他知道問出來很多事情會傷了人的心，但是他無所謂，問話就是一個過程而已，而且這些被問話的人基本上不是那些後來被他抓起來的兇手，就是那些受害者的家屬，或是一些亂七八糟不相關的人，反正他的餘生和這些人是毫無關係的，他實在沒有任何理由為當事人留任何情面，他很喜歡直接、不囉唆、直撲重點的東西，雖然很多的重點都隱藏著一堆爛謊言，但是他也無所謂。他不是屬於那種真心和你交往的警探；也不是那種會和你立下誓言的伴侶。

楊警官保留一段沉默的時間讓他的刻薄在對方的身上發酵，他繼續語帶平靜的講著。

「他有沒有和人結怨或者是有財務上的壓力嗎？」

「應該沒有吧。」

「是有還是沒有？」

「沒有。」

電話在沒有預警之下就匆匆忙忙的被掛斷了。王先生駐足在電話旁，回想剛才講電話的過程，他細細思考剛剛所講的每一句話是否有留下破綻。人年紀大了以後對時間以及數字的遺忘是非常驚人的，說真的，他已經忘記他女兒女婿死掉的正確日期，真的要他去回想他也只能說是三、五天前的事情，他沒有書寫任何日記或是記載行事曆的習慣，縱使有，這種事情也不適合記載在裡面。

楊警官說女婿是星期四請假的，他是那種不會多花一天時間給家裡的人，所以他上山那天應該是星期四吧，推算回去，女兒應該是星期二或是星期一走的，記得小芸那天走的時候是下午，隔天他去領藥，然後送阿川上山，弄到天亮，然後再隔一天女婿上來，所以以這時間來推斷的話小芸應該是星期一離開，女婿是星期四來的，他心裡來回默念著：星期一、星期四，星期一、星期四，星期一、星期四，感覺上這兩天好像是阿川和小芸讀小學的時候要帶便當的日子一樣。

二十一

脫水機很大聲地在轉動著，蓋子很突然地被打開以後，脫水機像抽筋一樣發出很大的聲響，然後瞬間地停了下來，王先生從裡面抓出一堆像海藻類的東西放在臉盆上面。阿川從小屋的洞口微微地探著頭看著王先生。

「老先生你在幹嘛？」

這個年輕人有時候看起來就是一副很可愛的樣子，好像和你非常熟識、很了解你也很關心你，最後冷不防來了一槍嘲諷你。王先生已經盡量不和他多說什麼了，之前的談話常常到最後讓他真的很想放把火把屋子燒了，把阿川活活在裡面被燒死。他現在學乖了，盡量不講話不看他。

王先生把大臉盆放在小桌底下，他開始把這些海藻類的東西和蘭花幼苗放進小花盆裡。其實說來非常諷刺，王先生基本上已經沒有在照顧他的蘭花園了，自從他在那個地方用圓鍬打死他女婿之後，沒有什麼特別原因他就不會再進去了。剛開始的時候，他還是像平常一樣到蘭花園忙進忙出，但是每次經過那條路的時候，他會側過身子快速前進，刻意避開女婿曾經躺過的地方，他還記得女婿在那個地方爬行的樣子，他並不是害怕在爬行中的鬼魂突然伸出手來抓住他的腳，只是不願意再想到他了。

蘭花園崩壞得非常快，事實上這幾天的疏於照顧並不是主要的原因。是阿川在加速蘭花園的破敗。

大自然的花草植物都有自己獨特的姿態，在王先生的蘭花園裡面那些蘭花的姿態更是特別，但是從前兩天開始，從小屋洞口常常飛出玻璃彈珠，它們的目標就是園裡面的蘭花及葉子。小吳走了以後，留給阿川的那個彈弓已經被修補好了，阿川常常將玻璃珠放在拉緊的內胎裡頭，拉開彈弓，然後將玻璃珠射出，剛開始只是漫無目標，後來經過幾次的練習，阿川已經很能準確地抓住方向及力道。在蘭花園裡面，很多蘭花在還沒有達到它生命最光彩的時刻就已經夭折了，包括很多包著蘭花苗的玻璃瓶，也是在彈弓下變成了一堆碎玻璃。

阿川繼續不離不棄地問候老先生。

「老先生，你最近睡得還好嗎？」

「還可以。」王先生很勉強地回答。

上次和阿川一起吃飯是埋完女婿後，從那次以後，他再也沒有和阿川一起吃飯了，每次就是把飯菜用那個「看起來比較好吃」的小鍋子裝上來，雖然沒有一起吃飯，在阿川吃飯的過程中，他就在旁邊假裝忙東忙西的，這期間阿川還是批評他的飯菜，一副對王先生恨鐵不成鋼的樣子。

阿川邊攪動著舌頭，好像舌頭上黏了一根毛一樣，那根毛好像藏在嘴巴的深處，任由阿川如何攪動舌頭都無法把它翻出。

王先生在之前的時候就感覺到阿川講話怪怪的，他嘴巴內似乎含著東西，用一種很捲舌的方式述說著那種思念之情：「王先生，你最近睡得還好嗎？」

「你舌頭怎麼了？」王先生有點受不了那些怪聲音了。

「這兩天我的舌頭好像長了東西。」阿川說。

王先生想都沒想，他站了起來，他把手往身上擦一擦，然後走向小屋的洞口：「把舌頭伸出來我看一下。」

阿川看著前面的老先生猶豫了一會兒，他緩緩地張開他的嘴巴，只露出一個小小的洞口，舌頭微微地伸出。

王先生用手指揮著阿川的頭再往洞口靠過來一點。

「把嘴巴張開一點。」王先生說道。「再把舌頭伸出來一點。」王先生繼續指揮著。

阿川再微微把嘴張開，王先生手伸過去扶住阿川的下巴，一副煞有其事、很認真地在研究阿川的舌頭。

突然間王先生伸出右手捏住了阿川的舌頭，並用力地往外拉，阿川張著嘴，舌頭被往外拉，整個樣子醜斃了，並且痛到叫不出來。王先生很認真地檢視他的舌頭，過程中王先生不斷地用力拉著阿川的舌頭。這似乎是一個不預期的勝利，阿川回來一個星期了，王先生忍受著言語上的嘲諷，雖然這段時間他想說乾脆放火把阿川燒死在房子內，但也只是在夢裡面想想。現在他捏著阿川的舌頭，看著阿川的樣子，現在阿川好像變成一隻可以隨意玩弄的小動物一樣。很不預期地，王先生把阿川的舌頭放掉，阿川往後退，他繼續抿著舌頭，好像吃進了滿嘴的毛，阿川邊看著王先生邊往地上吐著口水，一副受騙的樣子。

「沒事，火氣太大了，舌頭裡面長了泡泡。」王先生說。

阿川看著王先生，眼睛露出一個很無辜的樣子，他用很關心的聲音、一種很謙卑的語氣告訴王先生。「老先生，你要不要去看醫生？」

王先生似乎被看出了心事，這幾天，他覺得自己真的變得怪怪的，無法真的說出哪邊怪，常常他手上在做一些事情的時候，他會突然驚醒，發現整個思緒沒有跟上他的行為，好像飄到另外一個世界一樣，甚至到底飄出去多久他也不知道。這幾天這種狀況越來越嚴重，尤其是坐著或是躺著沒有事幹的時候，整個精神好像失去了控制一樣。

「為什麼？」王先生回答阿川，聲音裡透著不相信他兒子真的會那麼關心他的身體的況味。

「你知道前幾天我在睡覺的時候突然感覺有人在看我，而且一直盯著我。」

那是發生在昨天的事情了，那天送信老頭走了以後，雨也停了，他雖然把床上的雨水清理過了，但是整個床還是黏呼呼的，雨結束以後，緊接而來的就是不知節制的蟬聲，半夜的時候蟬聲在森林裡面響起，阿川躺在床上難以入睡，不知道過了多久，蟬聲停了，他隱隱約約進入了睡眠中，但是在那睡眠過程中他的意識反而變得非常清醒，阿川躺在床上背對著小屋的洞口，他感覺他的身體一直在縮著，就像人在受到攻擊的時候那種緊縮自己的感覺，阿川緊閉著雙眼，他一直感覺到有人站在他床旁邊看著他，而且站得很近，只要他張開眼睛就會看到他在眼前，他不敢睜開眼睛，撐了很久，他想真正進入到睡眠中把這種感覺化去，後來他受不了了，整個身體跳了起來，想藉由這個大動作來嚇走看他的人一樣，小屋的洞口外站著王先生，他一直看著阿川所在的方向，阿川從床上起身，他發現王先生的眼神根本沒有焦距，他只是盯著阿川所在的方向，但是望到的只是一片虛無，兩人對望了很久，王先生離開了洞口，朝蘭花園裡面走去。在經過當初女婿躺著的地方時他還刻意側身避過，他一直走到蘭花園的盡頭。

確實，昨天在很晚的時候，他突然在蘭花園醒來，那時候已經快接近天亮了，王先生依稀記得昨天晚上有一場大雨，那時候他在床上聽著雨聲，後來就睡著了。醒來以後他發現他已經穿好了平常工作的雨衣、雨褲、雨鞋，滿身都是泥巴，坐在蘭花園的盡頭，頭靠在樹幹上睡著了。那時候他很快地起身，看了一下旁邊的一塊小土丘，這是他好幾天以前把女兒埋葬的地方，這個小墓穴是那天晚上他花了很長的時間一鏟一鏟地把土挖出來，整個比例深淺完全依他自己的尺寸來訂作的。他挖了將近一個膝蓋的高度，挖完後回到小屋將小芸拉出來。當初並不是阿川所猜想的怕別人看到，由於他那時候不曉得洞會挖在哪裡，而且也不知道會花多久，與其把小芸放在外面，不如就好好放在房子裡，有帆布蓋著，也讓她不會被外面小蚊蟲叮咬，後來他聽到阿川分析整個埋小芸的過程講的那些話，他氣死了，他真的不知道兒子哪來的推理能力，雖然猜錯了為什麼把女兒放在屋內的想法，但是把整個過程那麼詳細地講出來，讓一個親手埋葬女兒的父親情何以堪？

他走出蘭花園的時候順便繞到小屋的洞口，看著阿川在屋子裡面酣睡著，隨後他就離開了，往森林入口走去，看到單軌車停在雨棚下。

他發現他夢遊的過程一點都不含糊，他記得他上床的時候是穿著平常睡覺的衣服，這段夢遊應該是從他起床開始：著裝、開著單軌車、經過一片森林、再到蘭花園所屬的森林、走到森林的小屋。他對於阿川所描述的在小屋洞口一直看著他，一點印象也沒有，其實那只是他夢遊過程中的一部分而已。

阿川露出了一副體貼、善解人意的眼神，但是他又很怕王先生誤會他的眼神，他眼神低低地、斜斜地看著王先生，然後將手緩慢地朝著洞口外面，指向蘭花園的盡頭。

「那裡是埋你女兒的地方嗎？」

阿川停頓了一會兒，看著王先生。

「你要不要我陪你去看醫生？」阿川繼續說道。

王先生看著阿川，心裡想著，他從來沒有和阿川有過這麼一個時刻。

二十二

隔天一早，王先生開著他那台C.C.數不大的小貨車到達了蘭花園的山腳下。之前他曾經把女婿的車停在這個地方，原想直衝而上，最後還是用怪手一步一步拉上去。他下車走在這條荒廢的產業道路上，之前怪手壓過的痕跡還非常明顯地留在上面。他進了森林，直接走到小屋，開了門，阿川就坐在床上，似乎等了一段時間了，在看到他的一剎那，他懷疑著他這樣做到底對不對？阿川出來後，兩人就這樣亦步亦趨的走下山，突然間所有的氣氛變得嚴肅了，阿川又變回了之前悶悶的、不講話的樣子，老先生回到以前曾經有的尷尬。

一路上兩人無語，一直到快中午的時候才看到吳一德醫師。

王先生帶阿川進來的時候看到吳醫師正拍打著鍵盤，盯著螢幕，他們輕聲地走進來，深怕驚擾到吳醫師，雖然王先生和吳醫師一年都會見好幾次面，但是每次進來好像情感都是重新開始的樣子。吳醫師沒有顯露過遇到老朋友的感覺，他緩緩地轉過頭來看了阿川一眼。

「今天怎麼多了一個人？」

「我兒子……他剛好這幾天休假，在家裡沒事，就陪我過來了。」王先生唯唯諾諾半結巴地說。

阿川坐在王先生後面一張靠牆的椅子上，吳醫師看了阿川一眼，沒有表示出任何要打招呼的意願。

「怎麼樣？藥吃過以後有睡得比較好了嗎？」

「還好，但最近有幾次我醒來的時候好像人在別的地方。」

「有發生什麼事情嗎？」

王先生猶豫了一會兒。

「應該沒有吧。」

「什麼叫『應該沒有』？」吳醫師很忌諱病人說出這種模稜兩可的話，對於一個長年行醫的醫師而言，模稜兩可的話只能由醫生說，不能從病人口中說出來，醫生在回答病人病情的時候常常會說：可能是某某地方發炎、可能是某某地方不正常；一堆可能完之後再說：這還要進一步的檢查。但是他們對待病人時，他們卻要你準確說出哪邊痛、哪邊癢、哪邊不舒服，沒有「可能」、「應該」之類很含糊的話。王先生這時候突然理解到警察和醫生好像是同一個類型的職業。他記得楊警官在電話裡質問他的時候，他好像也回答了類似「應該沒有吧」，後來楊警官也用同樣追根究柢的方式追問「有還是沒有？」，過去幾年他三不五時都會來看吳醫師，他把它當做每兩三個月必做的事情。他對吳醫師也沒有什麼特別的感覺，但是自從上一次後，他開始很怕吳醫師，真的害怕的原因他也不是很清楚，但是就從這次開始，他才知道：醫師就是一個披了白袍的警察。

「我記得我是上床睡覺的，醒來的時候卻在別的地方，中間的過程我不是很清楚。」

「那你是在哪裡醒來的？」吳醫師繼續問。

「在蘭花園裡面。」

「是穿著睡覺的衣服嗎？」

「不是，是穿著工作的衣服。」

吳醫師在問話的過程中，他無意間發現王先生後面的年輕人眼睛非常銳利地看著前方，當他在進來的時候，他有一度懷疑他就是那位漂泊的靈魂，從他坐下來到現在，他就一直眼睛直盯著前方，有時候只是單純看著他父親的後腦勺；有時候偏一點角度看著吳醫師的方向。其實從遠遠的地方你就可以聞到這個年輕人的味道，他的身體散發出一種餿水味，好像來之前剛從餿水桶爬出來的樣子。

吳醫師很認真地看了王先生一眼，他說道：「我想是體質的關係，這種藥對一些人來講會有一些副作用，我把劑量重新調配一下好了。」

吳醫師面對著電腦螢幕開藥單，似乎問診就到此結束了。王先生坐在原位，又是一副欲言又止的樣子，吳醫師視而不見，繼續開著藥單。他對王先生一點興趣都沒有，其實打從他們進來之後，他比較有興趣的是後面的這個人。常常醫師就只是開藥問一些無關痛癢的話，但是他們遇到某些有趣的個案的時候，他們被挑起的不是他們當初立下志向行醫的熱誠，而是一般人的好奇心，現在在吳醫師眼中所看到的不是王先生這個病人而已，而是埋藏在父子兩人之間很難言語的東西。做醫生的好處就是可以光明正大的把所有事情問個徹底。有人說警察從罪犯口中問到的百分之八十都是謊言，但是醫生從病人口中問到的，都是埋藏在他們心中很久的話。

「怎麼樣？還有什麼問題？」吳醫師終於忍不住了，他受不了王先生的拖拖拉拉，如果你不問的話，他可以在那邊跟你坐到天亮，半句話都講不出來。

「吳醫師，上次我問你朋友小孩的事情……」

「你是說那漂泊的靈魂啊？」吳醫師連頭都沒轉過來。

王先生話又停下來了，他看了護士小姐一眼，又看了醫師。一個七十歲的老先生看起來就像一個十八歲的初戀少男一樣，千言萬語不知如何說起。醫師從電腦螢幕轉過頭來冷冷地看著他，整個現場安靜無聲，最後連在一旁整理資料的護士小姐也轉過頭來了，這位護士小姐就像醫師失散多年的太太一樣，一點都不溫柔婉約。

「Miss黃，請問一下後面還有多少病人？」吳醫師轉過頭看著護士小姐問道。

「這是最後一個了。」

稍早王先生來醫院的時候，其實可以在半個小時內看到吳醫師，然後離開醫院，搞不好中午之前就已經回到山上的家了。但是到了醫院，他就遲遲不掛號，他等到掛號結束前的最後一刻才把名字放上去。在他過去的經驗裡面，看病問診永遠都是兩三分鐘就結束了，醫生就那幾句話，來回問完一遍，就準備到外面領藥了。鄉下醫療資源缺乏，每次的掛號都是上百號，你能奢望醫生給你留多少時間？王先生這次篤定要排最後一號，他希望藉此能爭取到更多時間來了解阿川的問題。

「那麻煩妳把這個拿到檔案室，順便幫我訂個木須炒麵。」吳醫師拿起一個檔案夾遞給黃小姐。

「炒牛肉還是豬肉？」黃小姐邊站起來邊問道。

「炒牛肉。」

「但是你昨天已經吃過牛肉麵了。」

兩人狀似親密，感覺上這位黃小姐好像是吳醫師的龐德女郎一樣，明明是山雨欲來了還可以談情說愛。

「那好，炒豬肉。」吳醫師以誓言般的口吻做了最後的決定。

黃小姐終於拿了檔案夾，離開了問診間。

「是你小孩嗎？他到底出了什麼問題？」

「他突然不認識我了。」

「他會自言自語或是講一些亂七八糟的話嗎？」

「他不是那種會頂著鍋子走在路上邊走邊講話的人。」

「他有攻擊任何人嗎？」

自從黃小姐走了以後，吳醫師的態度一百八十度轉變，他不再是一副神聖不可侵犯的態度，他前傾著身體，一副要和王先生交心的樣子，而且他把音量降低，希望他的聲音只有王先生能夠聽到而已；王先生同樣的也把身子往前挪了一些，現在的他只是用屁股輕輕地含著椅子的邊緣，兩人輕聲，似乎在密謀著一些不可告人的事情。

「他看起來很正常，但是他告訴我，我兒子出遠門了。」王先生閃躲著吳醫師的問題。

「你兒子沒有出遠門，他現在就在你後面，你回答我你兒子有沒有攻擊性？」

「沒有，他沒有攻擊任何人。」王先生斬釘截鐵地回答。

「你確定沒有？是你沒看到還是你真的確定沒有？因為如果是精神分裂的話，他很有可能會攻擊別人，而且大部分的對象都是家人。」

「沒有，他真的沒有攻擊任何人。」王先生再次很確定地說。

吳醫師的身體往後退，他斜靠在椅子上面，恢復了原先醫生該有的姿態，他細讀著王先生臉上的表情，又側了一點角度看著後面的年輕人，其實到底有沒有攻擊任何人他根本不用問王先生，他應該跳過王先生，直接去問後面年輕人就好了。他看著阿川，覺得他是一個很清楚自己在做什麼事情的人。他絕對不是那種在夢裡面殺人、醒來之後完全不知道自己在幹嘛的人，他反而會很清楚地和你描述整個過程、細節。

先前王先生在談論到他的夢遊的時候，吳醫師就覺得非常不尋常，上次給他藥就是上星期的事情，照理來說，幾天的服藥不可能造成這麼嚴重的夢遊，而且王先生在講述他的夢遊的時候，感覺上是有所保留的，他在夢中所經歷的事情和時間應該比他講得還多，這絕對不是單只靠安眠藥就會造成的。有好幾次他也遇過家長帶著患有精神疾病的小孩來這裡求診，其實都可以很清楚看出來誰是病人、誰是陪同的人。但是他看著這對父子，他真的無法分辨出到底病人是哪一位，病人不就應該坐在前面接受醫生的診治嗎？但是現在的病人好像偷偷坐在後面監視著他老爸，細細讀著他老爸的每一句話；而前面這位帶人來看病的人，卻是常常不自覺地顯示出臉上的驚慌。

「家裡還有什麼人嗎？」醫師繼續問道。

「只有我和他……還有一個女兒。」

「太太呢？」

「二十年前過世了。」

「是因為生病嗎？」

王先生左右為難，他非常強烈地感受到阿川的眼神在後面死盯著他，對王先生來說，在這時刻，後面這年輕人到底是外人還是他的兒子？如果是外人的話，這些家裡的陳年往事他非常難以啟齒；如果是自己的兒子的話，這些陳年往事又有一些難以說清楚的地方。王先生滿臉尷尬，他沒想到想藉由這次看病，順便讓吳醫師當面了解一下阿川的狀況，會惹來這麼多自己都不願意面對的問題。

現在的樣子感覺上就好像是去教堂告解，你認真告解到一半的時候，抬起頭來，你才發現你原先告解的神父，不知道什麼時候已經因為尿急而離開了告解室，換了另外一個人，而你所講述的內容及罪行剛好是和這個人有關的，你是要在這個神聖的教堂裡一五一十的把真相繼續講完呢？還是要在天主的見證下，把真相轉個彎，再扯出另外一個謊言？

「因為生病嗎？」吳醫生再問一次。

「吳醫師，你問我這些和我兒子有什麼關係嗎？」王先生抵抗了吳醫師的問話。

「精神疾病往往和家族是有關聯的。」吳醫師從來沒有露出這麼完全是專業醫師的樣子，他毫不留情面地一而再、再而三地追殺王先生。

「我太太是生病沒錯，但不是因為生病而死的。」

「什麼？」

「她是因為自殺。」

「是憂鬱症嗎？」

「不是。」

吳醫師盯著王先生，露出一副逼供的表情。

「有一段時間，我太太她不斷地咳嗽，那時候以為是感冒，去看了醫生，藥也吃了，一直都沒辦法好，後來發現是血癌，送到醫院去以後，折騰了兩、三個月，整個人不成人形，最後她說她不想待在醫院了，回到家以後病情沒有好轉，就這麼一直拖下去，最後她自己受不了了，就在家裡上吊自殺了。」

「小孩有看到嗎？」吳醫師沒有同情心地繼續問著。

「沒有，是我發現的。」

「小孩知道嗎？」

「他們完全不知道。」

「那小孩知道媽媽怎麼死的嗎？」

「醫生，我不想再回答這些問題了。」

眼前的王先生似乎陷入了一個很難堪的狀態，他雙手摩擦著大腿，頭都不知道擺在哪個方向，這些塵封多年的往事，他沒有想到在他晚年竟然再一次地述說出來。

「小孩那時候幾歲？」

「他那時候應該小學三年級。」

「媽媽走了誰照顧他呢？」

「我自己啊，其實大部分的時間都是他姊姊幫忙照顧的。」

「他姊姊呢？」
「嫁人了。」
「會常回來嗎？」
「過年過節會回來。」
「那你平常一個人住囉？」
吳醫師看了一下手錶，心裡似乎在惦記著那盤木須豬肉炒麵是不是已經冷掉了。
「你兒子有在工作嗎？」
「有啊。」
「有什麼挫折嗎？」
「我不是很清楚，這幾年他很少回家，甚至有很長時間都沒和家人連絡，我有時候會覺得他是不是還在這個世界上。」
「你是說你有時候覺得他死了？」
「沒有，我從來沒有覺得我兒子死了，我只是覺得他是不是不見了。」
「為什麼不見了？」

「我不知道，我就是覺得他已經沒有在這個世界上了。」

阿川坐在王先生後面聽著這些似乎和自己不相關的陳年往事，他突然間有一種很奇怪的感覺，他不是只是在聽別人的故事而已，而是隱隱約約地喚起了他的某一塊記憶。就像你到了一個新的地方，你突然會感受到這個地方你曾經來過，雖然你已經忘記曾經在這裡做過什麼事情，但是這個地方的記憶是熟悉的。阿川在聽到王先生陳述他太太的事情的時候，他也有同樣的感覺，他聽過這個故事，就像當初送信老頭來之前他所想到的「黑」一樣，這些是阿川之前留下來的東西呢？還是本來就存在他的裡面，只是他已經忘了。

吳醫師看著前面的阿川，他不覺得王先生的兒子不見了，他就活生生地坐在他後面，其實這就是他的兒子，王先生講的「他不見了」只是覺得心中對自己兒子的期盼不見了，或是說他保存在他心目中那個聽話、乖巧的小孩不見了。如果以王先生的說法，事實上全世界的人都會不見，人會成長、會有記憶，當你成長到一個階段和別人記憶中的你相違背的時候，那你就不見了嗎？當然不是，他沒想到這位山上的老頭子竟然那麼感傷，但是可以想像這個老先生對自己的兒子期盼很高，只是不知道在哪個關節點小孩子就不再聽他的話了，或是和他不再那麼親近了。

「你有在害怕什麼東西嗎？」吳醫師偏個頭，越過王先生，對著阿川說。

阿川緩慢地搖頭，吳醫師繼續問著。

「你平常有聽到有人在和你講話，或是叫你去做什麼事情嗎？」

阿川繼續搖頭。

「那你還記得以前的事情嗎？」

阿川已經不搖頭了，他就這樣看著吳醫師，似乎一直要找個機會修理他的樣子。吳醫師停了一會兒又繼續講。

「如果你有看到什麼或聽到什麼的話，你知道嗎？那都是你的幻覺。」

「包括你嗎？」阿川沒有保留任何一點客氣，很直接地就講了。

吳醫師脹紅著臉，看著阿川一會兒，然後很冷靜地把桌上文件收拾一下，很快、頭也不回地就離開了問診間。

二十三

稍早來醫院之前，王先生想說看完醫生，在鎮裡面找個地方吃飯，後來吳醫師頭也不回就走了，結果什麼事情都沒問到，大老遠跑了一圈，病也沒問到，還和別人講了一堆家裡的事情。走出醫院以後，他一直低著頭，心裡沒有多想，不知不覺走向車子，就直接開回家了。

阿川是在六月初被送回來的，到現在為止超過一個星期了，王先生從來沒有細數這些日子，但是在回山上的路上，他開始數著整個時間，他還記得星期一、星期四，星期一是小芸走的日子，星期四是女婿來找他的那天，到現在已經過了將近一個星期了，這個星期來說，除了楊警官的一通電話以外，他沒有感受到外面的風風雨雨。他想著這次回到山上以後，他要把阿川留在家裡了，他不再覺得這個小孩對他有什麼很大的威脅性，他可以和他重新相處，甚至慢慢再去認識他，其實讓他知道過去的事情也好，就算是彼此互相認識的第一步吧。

父子兩人回到家已經約莫下午兩點了，太陽的光剛好從屋子外面進來，阿川到了門口的時候猶豫了一會兒，因為他看到地上那坨從窗戶投射到地面上的光影，那光影非常曖昧，它是太陽光穿過果樹叢，再穿過窗格子，所投射到地上的。當初他殺了姊姊的時候，姊姊剛好就是倒在這個光影底下，那時候阿川曾經坐在床旁邊，看著光影在姊姊身上緩緩晃動。

阿川還是進來了，他繞過曾經是姊姊躺過的地方，直接就坐在當初他回來時睡過的小床上。這個三十歲的年輕人在短短的一個星期又回到了他生命的起點，當初他也是這樣坐著，無所事事、東看西看，屋子裡面的陳設完全沒有改變，連那個濺過血的蚊帳還掛在小床上面，但是很明顯地地上的血跡已經全部被清乾淨了，突然間阿川低下頭看了一下床底下，再試著確定裡面已經沒有人了，沒多久他人就伸進蚊帳裡，躺在床上，相較於山上那個濕濕黏黏的床，這裡真的舒服多了。

再一次睜開眼睛的時候，整個蚊帳被月光的藍色所包圍著，他躺在床上一會兒，忘記他是什麼時候睡著的了，他記得他下午回來的時候也是這樣躺著，到底時間經過了多久？他回來是今天下午的事情？還是他已經睡了好幾天？他起身看著房子的四周。

王先生睡在廚房邊的小床上，蚊蠅般的鼾聲就從那邊傳過來，阿川穿好鞋子碎步走過去，王先生嘴巴微微張開，雙眼緊閉，如果王先生現在睜開眼睛，突然看到阿川站在他面前，他應該會瞬間被嚇昏，然後馬上離開這世界，阿川就這樣靜靜看著，沒多久便離開了房子。

夜已經非常深了，他在門口駐足了一會兒，最後沿著單軌車的鐵軌往山上的小屋走去，第一次走這條路的時候，他是毫無知覺地被單軌車載上山的，其實他也不知道這條路是通往哪裡，他只是依稀知道老先生是坐這台車上來蘭花園，月光鋪天蓋地地籠罩整個森林，他緩緩地順著軌道沿坡而上。

進到第一個森林的時候，他以為他快到小屋了，沒想到最後竟然又穿出了森林，來到了一座遼闊的斜坡草原。他發現森林不是他想像的樣子，森林好像是一個一個區塊。當初送信老頭所說的「森林的另一端」到底是哪一塊森林的一端呢？他停下來看到遠方的一個森林，樹不斷地在搖晃著，森林裡起了很大的風，但是他所站的地方卻是平靜無事。那個起風的森林好像就是他的小屋所在地，他第一次從那麼遠處看著他曾經待過的地方，風在裡面呼嘯著，他突然害怕了，他不敢走進那個他曾經待過的地方。他離開了單軌車路線，繼續往斜坡草原另一端走下去。

為什麼他曾經待過的地方從遠處看來那麼令人害怕？而他住在那邊的時候竟然一點感受都沒有？

不知道從什麼時候開始，他隱隱約約聽到有腳踩樹葉的聲音，更奇怪的是這個聲音不是從他腳下發出來的，是一個從遠處傳來的聲音，而且這個步伐聲完全跟阿川的步伐節奏一樣，好幾次阿川停下來想找聲音的源頭，遠方的腳步聲也停了，再走起來的時候，那個腳步聲就好像偷偷躲在阿川的腳步聲裡面，亦步亦趨地跟著。

阿川走上一個斜坡，進入到另一個林道，跟著他的腳步聲已經沒了，他回過頭看著後方的草原，整個草原平躺在溫和的月光下，他已經再也看不到山上小屋的森林了，他到了另外一個森林的入口，這是一個完全截然不同的地方，這個森林不像之前的路面狹窄、上坡下坡，這是一個很平緩、樹林井然有序的地方，這裡的樹更直更高。

遠遠地，他看到一個人背著竹簍走著。

他追上前去，原來這位竹簍怪客就是之前那位送信老頭，他拿著長長的木製夾子，把地上的木頭夾起，放進身後的竹簍。

「送信的，你在這裡幹嘛？」阿川走到他的前方。

「在撿樹枝啊。」老頭冷冷看了阿川一眼，繼續彎下腰撿樹枝。

「這山上的樹枝怎麼撿得完？」

「當然撿不完啊，就像你的念頭一樣。」老頭放下手邊工作對著阿川說。

老頭繼續走著，他正往一個不是很明顯的緩坡走上去。老頭沒有理他，繼續邊走邊撿東西，有時候阿川也會停下來撿起樹枝，放進老頭的竹簍。不知道走了多久，他們看到一個坡度的盡頭，再往上走，到了一個稜線，從稜線往下看，眼前是一個更遼闊的森林，那個森林無邊無盡，被一個薄薄的暮靄埋著，露出一點頂端。他發現他以前住的地方只是一個樹林而已，跟這裡比較起來根本沒有資格稱為森林。

「你晚上不睡覺，是打算一直這樣跟我走下去嗎？」老頭轉過去看他。

阿川看著他不語。

「你到底要跟著我去哪裡？」

「我想到森林的另一端。」

對半夜出來閒晃的阿川來說，原先他沒有設定任何目的地，只是想沿著單軌車往山上走，也許走到蘭花園以後再進去小屋睡個回籠覺，或是走一走累了再回老先生家，但是自從遇上送信老頭後，他心裡面有一個想法，好幾次他都想問他森林的另一端到底在哪裡？但是他不敢問，總覺得一講出來會被老頭看穿心裡面的想法。直到現在他看到前方的森林，他才發現老頭就是刻意要帶他來這個地方，讓他看看這個無邊無盡的森林。

對於沒有邊界的地方，哪有所謂的一端？

「你是想去找阿川嗎？」

他從頭到尾都沒有想過要去找阿川，現在老頭這樣問他的時候，他突然想到這幾天對於「我」的質疑，也許遇到阿川也是好的吧，讓真的阿川去處裡他爸爸的事情。他發現這家人的世界實在太複雜了，他無法應付，他順著老頭的話，很直接地點頭回答。

「對啊。」

「你要找他幹嘛？」老頭很懷疑地看著他。

「他爸的事情。」
「他爸什麼事情？」
「他爸的狀況不是很好。」
「你要幫他啊。」送信老頭講完之後就沿著稜線往上走。
一老一少走在這稜線上面，左邊下去是那片大森林，右邊的那塊林地，就是他們走過來的地方，阿川心裡面覺得他已經出來很久了，但是月亮還是維持在原來的位置，他心裡面想著王先生會不會起來發現他不在了，而且照他這樣一直走下去，他還能找到回去的路嗎？
一段路後，突然送信老頭帶著阿川往底下的那片大森林走下去，下去的坡度非常陡，要半側著身子才有辦法緩緩地走下去，他們穿過了一段籠罩在森林上方的霧靄，有一段時間他們在一片白蒼蒼的霧裡面走著，唯一看見的是三呎遠的老頭的背影。走了不知道多久，霧散了，他們已經在森林裡了。原先那種幽幽的月光已經變得更明亮了。
送信老頭彎進一個林木沒有那麼密集的地方，他放下身上的竹簍，伸了懶腰，轉動著身體，隨即他蹲下來，撥開地上的一些樹枝，露出了一個圓型的木板。

「幫我把這木板拉起來。」送信老頭說。

阿川一時會意不過來，他看著老頭蹲下去以後，才跟著他一起彎下腰，抬起了這沉甸甸的板子。

一口井出現在眼前，阿川往下看，那是一口黑烏烏、深不見底的井。

「這是什麼東西？」阿川問。

「井啊，看不出來嗎？」

「為什麼要把它蓋起來？」

「不蓋起來，晚上有人經過掉下去怎麼辦？」

「這井很深嗎？」

送信老頭轉過身，四周張望，沒多久他雙手抱回了一個手掌大的石頭，直接往井裡丟了下去，石頭下去以後一直都沒有聲音傳回來，宛如這個石頭穿過地球，最後被地底的岩漿熔掉了。

阿川在踏上這段旅程的時候，懷著對森林另一端的一種好奇，他跟著老頭走過陡高的稜線，又走下了險峻的陡坡，最後穿過白色的暮靄，總覺得這些都是為了看到一個很不可思議的景色在做暖身，雖然進入森林以後他覺得景致沒有什麼特別，但是他相信，再走一段路他會看到比之前更壯觀的風景。

結果沒想到送信老頭停下來，他不敢相信繞了那麼遠的地方，最後看到的就是一個沒有底的井，什麼森林的另一端其實都是騙人的。

這到底是一個什麼樣的玩笑呢？

「這井有底嗎？」阿川面露不耐地問道。

「你的底是什麼意思？」送信老頭邊說邊原地跳了兩下。

「你這是什麼意思？」阿川也跟著原地跳兩下，似乎問這樣跳兩下是什麼意思。

「在你的認知裡這世界的所有東西都有底嗎？」

「這井會通到哪裡？」

「你不是要找人嗎？」

「你的意思是要我跳下去？」

「不然我打開來幹什麼？」

送信老頭的話有一種無法抵抗的威嚴，剛開始的時候他並沒有逼著阿川一起過來，是阿川傻傻地自己跟過來的，而且也是阿川當初說要去找另外一個阿川的。

阿川看著送信老頭，老頭盯著他，阿川已經沒有任何選擇了，他不跳，老頭可以轉身走人，他就可能永遠迷失在這個森林裡面，再也回不去了。他沒有想過自己有這樣脆弱的一面，雖然他遇到的人不多，不管王先生、吳醫師或是阿川的姊姊，他從來沒有害怕過，而且他相信自己會這樣天不怕地不怕地活下去。

現在他怕了，他怕眼前這老頭，他怕現在所身處的森林，他怕這黑麻麻的井。他無法了解這口井會通到哪裡，是地獄嗎？還是真的就是老頭講的森林的另一端。

送信老頭用手很恭敬地擺了一個請字，似乎是祝他一路平安。

「我跳下去以後怎麼找到他？」

「你下去以後就知道啦。」

「那我怎麼上來？」

「先生，我只是幫你指路而已。」老頭冷冷地看著阿川。

突然間，阿川跳下了這個深不見底的井。

二十四

阿川跳下井以後，沒有一種快速下墜的感覺，他經過非常漫長的黑。從第一次認識送信老頭的那天，其實就暗示了他會走向這個黑的旅程。

他看不到任何東西，更不用說方向感了，他在黑裡面摸索，一直走著。他看到些微的光在遠遠的閃爍著，飄動在深不知處的黑夜。他順著光走，在前進的過程中，那個燃起阿川希望的光並沒有越來越近，它最後反而像鬼火一樣，前後忽遠忽近的飄動著。慢慢地他聽到風聲，他順著風聲，放棄了那個鬼火般的光，他朝著風聲的方向前進，風聲越來越大，最後阿川被整個風聲包圍著，他又失去了方向感。

這就是他之前所想的無盡的黑嗎？如果他現在馬上死掉的話，閉起眼睛，所面臨的黑就是這樣子嗎？阿川開始慌了，他開始懷疑他的形體還存不存在？會在這個黑裡無止盡地走下去嗎？在這黑裡面只有他自己而已嗎？是不是身旁也有一堆人在走著？只是這個黑太大了，彼此都撞不到對方。

他停下來聆聽是否有其他的聲音，慢慢地他發現黑不是只有看不到，連聲音都聽不到了，之前的風聲不知道在什麼時候也消失了。他摸一摸自己的身體，發現自己還是存在著。突然間，有一隻手握住了阿川的手腕，他嚇了一跳，剛開始的時候阿川想反抗，甚至想踢出一腳，突然他發現握住他的手不是懷有敵意的手，或是試圖想讓他屈服的手。對方忽緊忽鬆地握著他，似乎是要阿川冷靜下來。手很快馴服了阿川，他不再反抗、不再用力了，他把自己交給那隻手，阿川慢慢察覺這是一隻女人的手，手指非常纖細，不是武俠小說裡面所描述的冰冷的九陰白骨爪，是一隻非常溫暖的手。阿川跟著她一直走著，一段時間以後，手突然消失了，阿川在黑暗中試圖尋找，手已經不在了。

他停下來，似乎又回到了起始點，他想了一會兒，就順著之前那隻手帶他走的方向，一直走，沒多久他看到了森林，一片呼嘯的森林，他又回到了蘭花園的森林了。

送信老頭帶他走了老半天，當時他所寄望的所謂森林的另一端，最終就是回到這裡。其實哪有什麼森林的另一端？當初想像的森林，應該是比在那稜線上目睹的森林還更遼闊，但是搞了老半天，只是一個小圓點，所有事情都圍著那小圓點轉圈圈而已。

森林裡面起了很大的風，就像他當初經過的時候看到的一樣，整個風呼嘯著，讓幾十米的高樹不斷地前後搖晃。他看到蘭花園，也看到了小屋。

他到了小屋的門口，小屋依然鎖著，最後他到了小屋的另外一角，站在蘭花園裡，看著那個朝蘭花園的洞口，他駐足在那小洞口前。前些時候，不知道多少時刻，他就在小屋裡朝洞口往外面看，他看到了王先生的女婿被自己的岳父活活打死；他也看到了老先生在蘭花園裡忙進忙出的樣子；他也看到了許多植物或花盆在他彈弓之下碎裂的樣子；當然他也看到了他那個胖胖憨厚的警察同學。但是這是他第一次從外面看到小屋的裡面，其實這應該不是第一次了，他記起來了，他曾經看過一個洞，很久很久以前，他曾經看過這麼一個小洞，前幾次他曾經懷疑的「我」又再跑出來了，這次不再只是聽過的故事、或是想到小時候的事情而已，而是他看到了一個他曾經看過的東西。

他緩緩地往洞口走，一步步地，他開始感到恐懼，他突然停下來，他發現他的恐懼和當初在外面看到森林裡面狂風亂吹的恐懼是一樣的。當初他離開老先生家，走過森林，來到了斜坡草原，看到了小屋所處的森林的時候，他對這個曾經住過的森林突然感覺到害怕，害怕到他連進去都不敢進去，當初他不是很清楚為什麼，但是他現在了解了，就像他現在面臨到對這個小屋洞口的恐懼。

他慢慢聽到了哭聲從洞口幽幽地傳出，阿川繼續往前走，剛開始看到小洞裡面空無一人，只聽到一名男子的哭聲從裡面傳出來，那哭聲混合在風聲裡面，不斷揪動阿川的心，他朝著洞口往小屋裡看去，他看到他平常睡覺的床上坐了一位男子，他不斷地啜泣，旁邊一位女子擁抱著他，好像在低聲安慰他一樣。他發現在哭泣的男子就是他自己，和他穿著一模一樣的衣服。旁邊的女子就是老先生的女兒，阿川的姊姊小芸，就在這時候他第一次對這位女人感到抱歉，他看著她擁抱阿川，很細膩地安慰著他，他發現這個女人已經不在這個世界上了，她曾經是一個很美好的女人，他就這麼讓她走了。這次一長串的路程，讓阿川體會到人生最底層、最真實的情感：害怕、恐懼、歉意。他最後退離了小屋的洞口，看著森林上方的樹不斷搖動著，他也聽到阿川的聲音在樹梢上徘徊，其實他也搞不清楚了，那不知道是阿川的聲音還是自己的聲音。

阿川醒來了，他是突然間醒過來的，他看到王先生就坐在餐桌旁邊，靜靜地看著他。

之前那麼一大串的事情就是一個夢而已，阿川躺在床上繼續細想著這個夢，夢的起頭是哪裡呢？是從他起床、看著王先生、走出戶外開始嗎？還是那個下著雨的夜裡，送信老頭來到小屋那個時候開始的？或是更早，從他殺了姊姊之前開始的？他細想著那個夢的源頭，不管源頭在哪裡，阿川感覺好像花了一輩子的時間作這個夢。

「你好像作了一個很長的夢。」

不知道老先生在這裡看著阿川多久了，他轉頭看著老先生，從床上坐起來。

「我剛剛夢見你兒子和他媽媽，在山上的小屋。」阿川說道。

「你是說你夢到阿川？」

阿川的神色非常迷離，似乎還沒完全從夢裡面醒來。他越來越懷疑自己這個「我」了，他自己也在慢慢懷疑他夢到的是自己還是阿川。從夢裡醒來到現在，他覺得有一塊很大的鐵塊放在他心裡面，重到他身體都快抬不起來了。

「其實是我去找他的。」阿川說。

「你有和他講話嗎？」

「沒有，我只看到他和他媽媽在蘭花園小屋。」
「他們在幹嘛？」
「就坐在我睡覺那個床上。」
「他媽媽長什麼樣子？」
「和他姊長得一樣。」
「那你怎麼知道她是媽媽還是姊姊？」
「因為你兒子有叫她媽媽。」
一陣不安的沉默圍繞著兩人。
「你是不是以前有殺過人？」阿川抬起頭來，非常小聲地，深怕隔壁鄰居聽到的樣子。
王先生愣了一下。
「你不是看到了嗎？」
「不是，是更早之前。」
王先生把「更早之前」放在嘴巴裡，像嚼口香糖一樣重複著這一句。

「你為什麼會這麼問？」王先生很沒自信地看著阿川。

「因為我在夢裡面聽到你兒子和他媽媽說：『媽，我看到了、我看到了……』」

曾經有很長的一段時間，王先生被這件事情苦惱著，他記得，那時候匆匆地把老婆焚化埋葬了，鄉下人對這件事情是不會多加懷疑的，除了同情及來幫忙以外，每個人都知道他老婆病了很久遲早都會走的，所以沒有人會多想或多作文章。事後有很長的一段時間，整個事情就一直縈繞在他心裡面，甚至一直到現在，這件事情還是會在無意中爬進他的心裡。

「大概在阿川九歲的時候，他媽媽生病住院。其實這些我在吳醫師那邊講過了，你也知道了。一段時間之後她待不住了，她想回家，那時候她真的很嚴重，吃也吃不下去，整個精神狀況非常差，那時我就想，想回來的話就讓她回來吧。回來沒多久，她說她要搬到山上的小屋去住，當初我很反對，她一直堅持著，其實她不想讓她自己影響到家人的生活，尤其是阿川和小芸。搬上去住以後也沒什麼好轉，她藥不吃了，希望自己就這麼安安靜靜地走了，但是她身上的痛苦還是一樣。有一天，阿川他媽媽突然非常平靜地告訴我，她想走了，希望我能幫她。」

「你幫她了？」阿川做了最後確定。

王先生低頭不語，他想到他剛認識阿川媽媽的樣子，頭髮短短的，每天笑臉迎人，似乎是個無憂無慮的人。王先生退役以後決定要來山上工作，對一個習慣平地生活的年輕女孩而言，她也沒說什麼，就一起上山來了。照理來說他們應該可以安安穩穩在山上度過餘生，雖然那時離講餘生的年紀還太早了。但是這些都已經過去了，就像風吹起了地上的塵埃，在空中打個小小的轉，就結束了。

好幾年以來，他都一直問自己同樣的問題，如果事情再發生一次的話，他還會做同樣的決定嗎？他告訴自己：會的，因為他已經沒有任何選擇了。看著自己喜歡的人就這麼無止盡地遭受病痛的折磨，其實真正受苦的人不是生病的人，而是旁邊最親近的人，那種看著別人死不了又活不下去的樣子，是最痛苦的，生病的人可以因為身體的原因盡情抒發心裡的感受；但是在一旁的人，只能看著而已，連一點點怨言都不能發出。

「沒人懷疑嗎？」阿川繼續說道。

「有啊，阿川。那時候我心裡一直感覺他在躲著我，每次和他講話的時候，總覺得他眼睛都不看著我。」

「為什麼他會懷疑？」

「那天我要離開小屋的時候，突然看到他站在外面朝小屋洞口的方向看著。」

到底老先生講的是真話，還是又是另一個謊言？在醫院講的是另外一件事情，現在又被修改成另外一個結果。當初阿川看到的就是現在老先生所說的東西嗎？是不是有更不堪的事情老先生又保留著？

阿川從床上站了起來，王先生看到阿川的舉動愣了一下。

「他姊姊知道嗎？」阿川問。

「應該不知道吧。」王先生心虛地回答。

王先生說完，阿川直接轉頭，開門走了。

今天晚上他又沿著單軌車往山上小屋走，同一個晚上走了兩次，這次的目的非常清楚，他要回山上小屋。沿路上月光照射著整個森林，和之前在夢境裡相差無幾。沿路上他想到阿川的姊姊，他開始為這個死去的女人感到難過，竟然她到死後都還不知道自己媽媽死去的原因，雖然知道了也不會比較好過，但是這位女子很小的時候就擔負了母親的責任，卻不知道母親因何而走，這不是很諷刺嗎？他走出了森林，來到了進蘭花園森林的入口，他看著前面的地方，風已經停了，他突然轉頭，走向埋著阿川姊夫車子的那塊平地，他站在上面，遠山太陽已經慢慢把天空撐開一個小破洞，森林裡面非常安靜，他無法相信在這個這麼平靜的地方埋了兩具屍體，雖然大部分的事情都是因他而起的。事情接下來會繼續怎麼走？他不知道，他只是覺得他要待在這裡，等著接下來的事情發生。

常常我們沒辦法感知到大自然非常細微的變化，這些變化往往都在很隱密地進行。我們常說的「寧靜」其實就是一種變化的過程。

天已經慢慢亮起來了，這時候風從亮起來的山頭吹過來。並且帶著霧遠遠地過來，就在清晨的時候，蘭花園籠罩在一片霧海裡。

阿川決定待下來了，他要把山上小屋當成是自己的家。

他站在屋內，望著洞口，他想到很多事情、很多人：那個被他殺死的女人，送信的老頭，森林的一端，甚至那個從未謀面的小阿川……。

二十五

整個早上阿川都一直忙著，他想找出一些工具可以修補屋頂漏水的地方，他掀開了王先生的大帆布，帆布底下都是王先生當初從小屋裡清出來的東西，他找到唯一有用的東西是修理鐵皮的小鐵釘，以及之前用過的剪刀，隨後他從房屋四周圍牆剪下了好幾塊鐵皮，他又撿起了一塊磚頭，然後帶著這些東西從蘭花園的架子爬上樹，再上到小屋的屋頂，他把剪下的鐵皮蓋在破洞的地方，用磚頭敲打著小鐵釘，將鐵皮固定在上面。

他手上握著磚頭站在屋脊上，他聽到王先生的單軌車上來了，沒多久就看到他出現在森林的入口。

「時間還那麼早，他應該不是在夢遊吧？」阿川心裡想著。

王先生進來蘭花園沒多久，手上多了個鉗子又離開了，阿川看到他走出森林入口以後，斜斜繞過埋女婿車子那塊空地，往另外一片山坡地走去，很快地他就消失在霧裡面了。

他仰頭望著這片森林，這片霧從早上到現在一直都沒有散過。其實就在霧來的時候，山下有一輛車，朝著他們這邊的方向，沿著山路盤旋過來。

它是一台深色的小轎車，速度很快地奔馳在霧裡面。雖然整個山路彎彎曲曲，雨水夾雜在霧裡面，路況不是很好，但是開車的人心思非常篤定地猛踩油門，一路上山。過了埡口，突然霧散了，雨也停了。他停在公路旁的一個小派出所前，下車第一件事就自言自語罵了一句。

「操！這什麼鬼地方！」

他的頭髮就像訓練有素的阿兵哥一樣，雖然為數不多，但都井然有序、挺挺地聳立著。他穿著一件緊到不行、宛如是二十年前結婚穿的西裝，裡面又加了一件豬肝色、微微發亮的襯衫；下半身穿了一件窄版的八分褲，不知道是不是因為洗滌過久縮水的關係，還是買來就這麼短；他穿著一雙閃閃發亮的皮鞋，這雙皮鞋在山上可能比台灣黑熊還稀有。小吳站在派出所前面，等著車子的到來。

他就是傳說中的楊警官，他看著站在一旁的小吳招呼也沒打，劈頭第一句話就是：

「在哪裡啊？」

小吳之前已經和他通過電話了，所以他看到楊警官用這種方式來打招呼也不足為奇。他指著前方。

「我們先到王先生家去好了。」

兩人坐上車，一路無語。楊警官對他來講，其實也不是什麼頂頭上司，但是從城裡面來的便衣刑警總是有一種說不出的威嚴。這是一台年代已久的車子，車子裡面的皮已經開始龜裂了，菸草公司好像在這台車子裡面辦過抽菸大賽一樣，雖然出風口掛著一個可愛的芳香劑，但是深藏在裡面的菸味用任何方式都沒辦法去除。楊警官一上車，沒多久就點起了一根菸，他沒有把菸遞給小吳，讓小吳和他一起同樂，小吳看著前方，隨後從口袋掏出香菸自己點上。

他們將車子停在前往王先生家前的一條樹林小道，這條小道是一個非常適合男女談情說愛的地方。下車後兩人就走在這林道上，楊警官走在前面，走得很急，整個人看起來氣沖沖的，小吳跟在後面，不知情的人看到他們倆，可能會以為他們是來抓姦的。

一開始意外就發生了。

進王先生的家門前有一個斜坡，可能是小吳忘記提醒楊警官了吧，在下坡的途中，楊警官沒有掌握速度，再加上他穿著皮鞋，突然間一滑，整個人惡狠狠地摔在地上，小吳走在後面，想出手相救的時候已經來不及了。他眼睜睜看著楊警官一路摔到王先生家門口。楊警官很生氣地站起來，他發現他手掌磨破了，整個褲子後面也抹上了一層黑黑的東西，那些原先長久留在地上的青苔，現在全部轉移到楊警官的褲子上。

「操你媽的！」楊警官非常生氣地破口大罵。

小吳很無辜地看著他，手足無措、不知如何是好。

「不好意思，我們已經到王伯伯的家了。」小吳遇到楊警官，心裡已經沒底了。

他看著這氣沖沖的楊警官，他想還是趕快把王伯伯叫出來吧，兩個人見面沒多久，他已經快頂不住他了。

小吳敲門敲了很久，沒有人應門，裡面靜悄悄的，他推了一下門，門沒鎖，小吳進去裡面張望了一下，喊著王伯伯，完全沒有人回應。

其實找不到人，也不是小吳的錯，山上就這麼大，人不可能就在那裡等你找他。小吳走出門口，頻頻地對楊警官說對不起，宛如是帶客人去找小姐，小姐卻不在的樣子。

「王伯伯不在家。」

「我知道他不在家，你把我當聾子啊！」

「他可能在山上。」

「我們現在不就在山上了嗎？」楊警官義正詞嚴地說，好像他對台灣警力的智商平均值有所懷疑的樣子。

「他還在更高的山上。」

「很遠嗎？」

「沒有、沒有，走一下就到了。」

「你怎麼確定他會在那裡？」

「因為他的車子不在。」

楊警官也沒有想到小吳所說的車子是什麼樣子，等到小吳帶著他沿著單軌車軌道走上山的時候他問道：「這個軌道是幹嘛的？」

「車子走的軌道。」

「什麼車子？是火車嗎？」

「小型的單軌車。」

楊警官無法理解是什麼樣的車子可以在這軌道上面走，他們開始慢慢走上陡坡。

他沒有想到這條路是一條不歸路。早上他很早就出門了，那時候天還未亮，他穿好衣服，早餐也還來不及和老婆、小孩一起吃，就匆匆告別了。他選了一套年輕的時候結婚穿的西裝外套，老婆還刻意幫他在裡面搭了那件襯衫。平常他的穿著就是一件很休閒的、穿了幾百年的外套。穿上這件舊西裝的時候，他還想要不要換上平常穿的舊外套，由於他裡面穿了槍套，所以衣服穿起來感覺更被束縛起來了，後來想想算了，就這麼出門了。出門前他將皮鞋從未拆封的盒子裡拿出來套上。這雙是昨天晚上在皮鞋店關門前的最後一刻買的，好幾天前他就想進這家有牛頭標誌的連鎖鞋店。不過要不是他們最近在周年慶，可能到現在楊警官還是會穿著他那雙舊皮鞋。

楊警官萬萬沒有想到，走完這條陡峭的山路，這雙半價的新皮鞋也會立即往生了。

這條路線這陣子好像變成一個熱門路線，不管是走上來被殺的、還是運送屍體的，或是晚上睡不著覺出來夢遊的，都是以這條交通路線為主。彎上了陡坡，來到了一個更長的陡坡。小吳在前面小心地引導著楊警官，他們走上一個銜接著斷掉路面的鐵製樓梯。

「楊警官，你小心一點，這個樓梯一次只能走一個人。」

楊警官在後面很不耐煩地等小吳走完樓梯，隨後他走上樓梯。

「操你媽！到底還有多遠啊？」

「快到了、快到了……」

「你二十分鐘前就說快到了！早知道我乾脆在派出所等你，你把老頭子叫過來就好了！操你媽的！我的鞋子……剛買的！」

楊警官邊走邊看著他的鞋底，他那個時髦的、尖尖的鞋頭已經開始變形了，好像長了瘤一樣，原先那個漂亮的弧線已經歪歪曲曲的，鞋底下黏著厚厚的爛泥。他應該是旅遊史上，第一個穿著這種薄底的尖頭皮鞋走在泥濘曲折山路上的人。他扶著山壁開始喘著。

楊警官不是一個沒有吃過苦的人，可能他的判斷有所錯誤吧，他覺得這次行程的目的就是一個城市來的警官到鄉下來督導一樣，把話問一問，中午派出所的所長請他吃個飯，然後就下山了。更何況他這次原先的目的根本不是來辦案的。

從前幾天開始王先生女婿的家人天天來警局，煩得他都快破口罵人了，在他的認知裡面，人不見了有什麼了不起的？何況不見的人是成年人了。後來來來回回以後，他也覺得事有蹊蹺，他交代底下的人去追查，也打了電話給王先生，就那麼剛好，他一個失聯很久的朋友說他要結婚了，那時候他還和他朋友講：「操你媽！你這狗東西！那麼久沒連絡了還敢打電話來說你要結婚！而且是再婚！還敢請客！」這就是楊警官和好朋友講話的樣子，三字經不離口。要不是這通電話，他不會這麼急著上來，他還想再等幾天看看事情有什麼變化，或是派個人去山上問個話就好了。

上來的時候他會穿成這樣，最重要的目的是要去喝喜酒，只不過這條路走得有點遠。他不覺得這個案子有什麼大不了的，只是上山來問一問，應該花不了多少時間，中午前就可以把事情問完了。

現在喜酒還沒喝，鞋子就毀了，本想出一趟門把所有事情都辦完，現在第一件事情就這樣沒完沒了地纏著他，他越想越氣。他看著前方小吳那胖胖的背影，他穿著便裝，腳蹬著雨鞋，他更是氣到無語問蒼天。

「你說那老頭在上面幹嘛？」楊警官聲音越來越大。

「種蘭花。」

「那他們家外面的果樹也是他們的嗎？」

「對啊！」

「操！那老頭體力那麼好？他一個人忙得過來嗎？」

「沒有，自從他幾年前中風以後，他就把底下的果樹包租給別人了。」小吳感受到楊警官的怒氣越來越大，他頭也不敢回，自己頭低低地往前走。

昨天小吳接到台北來的電話，他就覺得不對勁了。

他不了解到底楊警官來的目的是什麼，他也不知道事情鬧得有多大。但是從阿川回來，他踏進王伯伯家那一天起，他已經覺得不對了，只是這些不對是超乎他想像的。

從那天晚上去山上小屋找阿川之後，他就再也沒有出現在王伯伯家裡，他心裡覺得很怪，他想說也許過一陣子他再去看王伯伯就沒事了，沒想到再一次上山就是陪著後面這個瘟神一起上來。

「到底還要多久啊？」楊警官突然又發作了。

「沒有，楊警官，轉個彎就到了……」

「小吳，我告訴你，你如果再騙我，轉個彎十分鐘沒到，我一定會動用我所有的關係讓你一輩子去指揮交通！我跟你講真的！你不要再唬弄我了！」

他們走過森林，來到進蘭花園森林前的那片斜坡草原，他們在前一段森林裡面，天氣還非常晴朗，出了森林以後就籠罩在霧裡，這片霧從早上就一直沒有散去。小吳和楊警官的距離越拉越遠，在白茫茫的霧中，楊警官的咒罵聲開始響起。

「這什麼鬼路啊？……小吳你真的死定了！我一定會把你調到山下當交通隊的！你一輩子都回不來了，我會讓你在交通隊裡面待一輩子！你的子子孫孫我也會讓他們一輩子都待在交通隊裡指揮交通！王八蛋！我一定會讓你指揮交通一輩子的……」那聲音響徹雲霄，在這麼安詳的大自然裡面，一個人指天對地不斷地咒罵著。

楊警官已經罵到瘋掉、胡言亂語了，小吳越走越快，他不想再回嘴了。

「等我一下！」楊警官發出更大的聲音。

小吳放慢腳步，轉頭看著他，楊警官的鞋子真的毀了，他的尖頭皮鞋插在爛泥裡面，已經完全不成鞋形，他踉踉蹌蹌地，又沒有地方可以扶，整個人非常狼狽。

他冷不防地又罵了一聲：「到底還要多久？」

「到了，前面就是了……」小吳對著白茫茫的霧，指著前方。

對楊警官來說，前面就是一片白茫茫的，他繼續罵著。

「到底在哪裡？」

小吳已經不管他了，他爬上坡，走上了王先生放單軌車的小亭子。他站在那裡等著楊警官過來，楊警官已經安靜下來了，可能體力被嘴巴用完了吧，他走向小亭子，小吳心不甘情不願地伸出手把他拉了上來。

他們走向蘭花園森林的入口，楊警官看到一條從山下上來的道路。

「你腦袋真的是有問題是不是？這裡明明就有一條路你不帶我走，你盡帶我往死路走，操你媽！你是豬腦袋是不是！」他指著那條路，邊喘氣邊說。

「這條路好幾年前已經崩壞掉了，而且它又陡又滑，車子根本就上不來……」小吳用著與楊警官決裂的語氣急著辯解。

楊警官根本不聽他的話，他往那條崩壞的路上走去，他看到路上的輪胎壓痕，而且壓痕極深，很像是鏈條式的車輪壓上來的，他看著四周，他看到王先生之前翻出來的新土覆蓋在周圍的斜坡草地上，他走向了王先生之前埋車的地方，然後吐了一口痰。

「這是幹嘛的？為什麼有那麼多挖出來的土？」楊警官指著埋車的地點質問著小吳。

之前小吳來山上看阿川的時候也曾經看過這一堆新土，可能真的在山上住久了，他沒有那個敏銳度，也有可能在山上土挖來挖去是一個很平常的事情，當然就算想破頭，他也不知道這些土為什麼被翻成這樣子。

「這可能是王伯伯弄的吧……」之前想和楊警官徹底決裂的氣勢突然沒有了，他小聲地、心虛地說道。

「小吳你在講什麼？這不是你們王伯伯弄的，不然是鬼弄的啊！我是說他怎麼弄的？而且這絕對不是一個人弄的，不靠機器的話可以弄成這個樣子嗎？」

王先生一早就上山。當阿川離開以後他就再也睡不著了，他就像以前在房子裡面走來走去的，不一樣的是他心裡面那種糾結不安的感覺突然沒有了，在屋子裡面走了一會兒，他開始整理家裡，他把那些放在餐桌上面不知道多久的食物全部處裡掉，並且把廚房裡的鍋碗瓢盆全部清洗乾淨，他突然覺得好像回到了過去的生活，就在阿川還沒有被送回家之前。他甚至想去老李家串串門子，講一些無聊的話。他清理完屋子，太陽已經掛在很高的位置了。他決定上山看看阿川是否有回到山上小屋，一路上他忐忑不安，後來他看到阿川站在小屋屋頂上面，雖然不知道他在幹嘛，他也沒有問他，但是他心裡面踏實了。他在小屋旁邊瞎忙一陣後，決定到山上去看水源地，他覺得這個蘭花園應該要重新開始了，也許再過一段時間阿川就可以幫他。王先生心裡面突然出現了一個美好的想法，他甚至想到，過一段時間，等到風頭過了以後要把小芸挖起來，找一塊好的地方埋了，至於女婿就算了吧！就讓他留在那個地方，雖然經過的時候都會有點不舒服，但是時間最後都會克服的。他一直懷著這個美好的想法邊工作著，把曾經破掉或是漏水的水管都補了起來，一直到他聽到楊警官的咒罵聲從遠遠的地方傳了過來。王先生走下山，他不斷聽到楊警官在叫著「老頭、老頭」，他和小吳就站在埋車的地方，對著那塊地指指點點的。

王先生緩緩地走向他們，在距離他們還有一段距離的時候，小吳發現他了。

「王伯伯你怎麼從山上下來了？」

「今天比較空，我去查看一下水源。」

「王伯伯，這是台北來的楊警官。」

他看著眼前這位穿著不協調的楊警官，客氣地對他點了個頭。

「王先生你好！你還記得我們之前通過電話嗎？」楊警官立刻堆了滿臉笑容，很主動伸出手，緊緊握住王先生。

「當然記得。」

楊警官看著老頭，慢慢收回笑容。「你女婿的家人已經來我們局裡好幾次了，我今天上山來就是想親自來請教你一些問題，你女婿到底有沒有來找你？」

「沒有。」

「上次在電話中你告訴我，你女婿有打電話給你，他有告訴你他人在哪裡嗎？」

「沒有。」

「他還有和你講什麼嗎？」

「有啊，他說他很擔心小芸，小芸不見了。」
「你還記得他什麼時候打給你的嗎？」
「好像是小芸回去後的第三天吧。」
「你女兒是什麼時候回去的？」
王先生正要回答「星期一」的時候，小吳用他緩慢的口吻把話插了進來。
「她是坐星期一下午四點二十五分的車下山的。」
王先生不知道花過多少時間在心裡面預演了「星期一、星期四」的時間點，突然間他發現之前的練習全部都被小吳毀了。
「你有看到她走嗎？」楊警官非常不客氣地對小吳說。
「沒有……」小吳氣弱地說。
「那你怎麼知道她是坐星期一下午四點二十五分的車？」
「早上的時候我有看到小芸啊，那天早上是一年一度的防空演習，下午我到王伯伯家的時候，他說小芸坐下午的車走了，下午就只有那班四點二十五分……」
「好了！我知道了！不要再講了！」楊警官把手一揮，他對小吳失去了耐心。

現在小吳是一個沒人喜歡的人，他轉頭看王伯伯，發現王伯伯正冷眼看著他，他不曉得自己做錯了什麼，他尷尬地站在原地，雙腳不斷地動著。

楊警官露出他一貫問話的方式，他會故意停下很久的時間，東看西看，有時候和王先生沒有目的地笑一下，你不知道他在想什麼，總覺得他一直不斷地用這種方式來提高你的緊張，讓你懸在那裡、不舒服。他就是要讓你等著，等著他來宰你。

「王先生，我問你一個不太禮貌的問題，你女兒和你女婿關係還好嗎？」

「應該不太好。」

「你怎麼知道？」

「她是我女兒，我多多少少知道她幸不幸福。」

楊警官露出一副關懷、同為人父、非常了解子女的樣子。他幫王先生嘆了一口氣，然後又低下頭，似乎王先生的困擾也就是他的困擾一樣。

「他們的財務狀況呢？」突然間他又問出了一個毫不相關的問題。

「應該是還好吧，但是也沒有多好。」

「什麼？你講的這是什麼意思？」楊警官側著臉，把耳朵湊向王先生，一副沒有聽清楚的樣子。

王先生把同樣的話緩慢地再陳述一遍。

楊警官笑了起來。

三個人就站在霧裡面，腳踩在女婿的墳地上。王先生非常地不自在，他一直想離開這裡，現在他站的點如果他沒有算錯的話，應該是女婿車子駕駛座的位置，他突然想起了那天晚上整個埋車的過程，他真的很想把楊警官請到山下去喝茶，慢慢地閒聊，然後再找個時間、找個機會在茶裡下毒，再用榔頭把他打死。但是他知道機會已經不再了。他看著眼前這個人，和當時在電話中交談的時候所想像的楊警官，基本上沒什麼差別，唯一你沒有想到的，就是他不是一個那麼容易打發的人。他慢慢感覺到吃力了，楊警官有一種壓迫感，不只是在問你話的時候而已，包括他的動作、神態，那種要看不看你，一副同情你、了解你的樣子，都壓得你喘不過氣來。王先生開始害怕了。

「什麼叫還好，但是又沒有多好？」

「他們兩個人都有工作，所以收入方面應該還可以，但是他先生那台車，從六、七年前還沒結婚的時候就開到現在，所以經濟狀況也沒有太好。」王先生答道。

楊警官故意搔著耳朵。

「所以你最近有看到那台車囉？」

王先生沉默了。他發現他掉進了自己話的陷阱。

楊警官很有耐心地等著王先生的回答。

「沒有。」王先生很果決的說。

「那你怎麼知道他還是開同樣的車子？」

楊警官顯露出一副優良警官的樣子，他沒有繼續逼問王先生，他回首眺望著遠處的山景，意味深長地用話把王先生的尷尬帶過：「不容易喔，住在這裡，很辛苦吧！王先生。」

楊警官繼續說著：「其實我個人很不喜歡處理這種夫妻失和的案子，通常搞了老半天，弄得大家披頭散髮的，結果他們不知道在哪個山裡洗溫泉，恩愛逍遙著。」

他溫柔地看著王先生，突然不預期地從口袋裡掏出一張摺疊過的A4紙，上頭影像非常粗糙，應該是從畫質很低的攝影機擷取下來的圖片，黑白反差非常大，角度是由上往下拍攝，影像上顯示出一台TOYOTA車子。

「這台是你女婿的車嗎？」

「應該是吧。」王先生說。

「我不知道你講的『應該是』是什麼意思，但是這台絕對是你女婿的車子，後面的車牌號碼和你女婿的車牌號碼是一模一樣的。」

楊警官停下來似乎留一點點時間給王先生辯解，王先生看著他然後低下頭。他看到一條黑色的蟲蚯蚓從墳墓堆裡面慢慢鑽出來，蚯蚓的長度已經長到像蛇一樣了，但是身體非常細。蚯蚓往王先生的雨鞋鞋頭方向爬過來，王先生腳微微挪動了一下。

楊警官看著低著頭的老先生，他身體往前，繼續說：「喔，感謝老天爺讓我們居住在這個台灣寶島，那麼小、那麼精緻、又那麼美麗，你知道嗎王先生？我們這美麗的小島有幾個收費站？」

他停了一下，自問自答：「二十三個！我們動用了所有人力把高速公路上的監視器全部調出來，很幸運的，就在星期四快中午的時候，你女婿的車子曾經出現在『名間』收費站，就是由北往南到你們這邊上山前最後一個收費站。我也查過他們夫婦倆的通聯紀錄，最後一通就是那麼剛好，也是星期四下午約三點的時候，你女婿打給你女兒的，而且發話地點就在這個山區。今天我上來的時候特別算了一下時間，從名間收費站到你們這裡，我開了將近兩個小時。」

楊警官又停了一下，面露同情般地緩緩說道：「王先生，我懷疑他們兩個根本就沒有離開過這裡。」

王先生繼續低頭沉默不語，他發現又有另外一條長蚯蚓從墳底下鑽上來，新的蚯蚓長度和之前那隻蚯蚓差不多，之前那隻被王先生用腳撥到土堆裡，緊跟著偷偷摸摸地又鑽出來了。

楊警官看著王先生保持沉默，他開始急了，因為保持沉默來說對他來講是一個非常浪費時間的事情。如果眼前的老頭就這麼一直沉默下去的話，他不要說連朋友的喜酒不用喝，接下來的幾天，他搞不好就要住在山上陪這老頭耗下去。早上出來的時候什麼都沒準備，本來就想說當天來回，頂多在朋友的喜宴中喝醉了，在台中找個汽車旅館糊裡糊塗的住一晚。如果真的這樣拖下去的話，就乾脆把老頭押著一起到台中喝喜酒，邊喝喜酒邊問，可能是因為慌了吧，楊警官很快閃過這個念頭。楊警官那張嚴肅的臉突然笑了，他笑得很自然，試圖想把情緒緩和下來。

「王先生，說實在的，我不相信你會和你女兒女婿失蹤的事情有什麼牽連，來之前我就不相信，現在也沒這麼想，不然你看，我穿成這個樣子，這個鞋子我還是昨天新買的。我其實今天最主要目的就是去台中喝我朋友的喜酒，上山來就只是想問你一些問題，把整個事情了解一下而已。」

楊警官嘆了一口氣，似乎想讓王先生知道，我都已經那麼幫你了，你還不領情。

「王先生，你有什麼事情，你告訴我，能解決的，我一定幫你解決，不能解決的呢，我也絕對不會為難你的。」他最後一次用客氣的方式對王先生說道。

楊警官左一句王先生、右一句王先生，叫得王先生臉色開始變了，他揪著眉頭，嘴巴閉得更緊。其實之前王先生想得太簡單了，他以為只要把握住「不清楚、不知道」還有「星期一、星期四」，他就可以應付楊警官了，現在的他只能再次低下頭，根本不知道該說什麼。

他看見原先那兩隻蚯蚓已經交纏住了，從頭到尾一圈一圈的纏在一起，王先生抬起鞋子往牠們身上壓去。

小吳在一旁很同情地看著王伯伯，原先他以為帶楊警官來找王伯伯是一般例行的詢問而已，沒想到現在變成如此尷尬的場面。

楊警官開始想罵髒話了，他轉身四處張望著，遠處的山已經慢慢亮起來了，只有他現在站的這個鬼地方還起著霧，而且不知道什麼時候雨開始下來了，他撥一撥頭上的頭髮，神情顯得相當不耐，他開始脫離了優良警官的口吻，不耐煩地問著王先生。

「你是不是還有個兒子啊？聽說你女兒就是回來照顧他的，我可以和他見個面嗎？」

「他生病了，不是很方便。」

「這不是你說方不方便的問題，你看在我這麼有誠意的份上，你可以讓我見一下他，不會花很多時間的。」

楊警官停了一會兒，非常嚴肅地問著：「可以嗎？王先生！」

楊警官已經放棄等待王先生的答案了，他四處走動，他突然想到原先小吳就是要帶他來蘭花園找王先生的，他轉過頭問小吳：「你不是要帶我到蘭花園找王先生嗎？蘭花園在哪裡？」

小吳指著森林入口的方向，森林裡霧氣非常濃，隱隱約約看到一些蘭花園的燈及小屋的形狀，楊警官看著蘭花園的方向許久，頭也沒回的問著小吳：「那棟小屋是幹嘛的？」

楊警官等了老半天都沒有任何回答，他已經不奢望王先生會有任何答案了，他回過頭對著小吳意有所指、大聲地說道：「小吳！你是山上住久了耳朵都聾了是不是？我問你，那間小屋是幹嘛的？」

小吳轉過頭看了王先生一眼，他不敢多說，他害怕多說任何一句話都會害了王伯伯。但是任何人都可以看穿小吳的表情，他那無法隱藏任何事情的表情，都已經讓楊警官猜出來，阿川就住在那裡面了。

楊警官繼續問道：「我最後問你一次，那間小屋子裡面是不是住了他兒子？」

小吳點頭了，他點得非常輕、非常小力。

「好，你在這邊陪著王先生，我過去找他兒子。」

楊警官現在對王先生看都不看了，他就這麼對著小吳講，說完往小屋方向走去。沒幾步路，王先生跟過來了，他拉住楊警官的手，楊警官轉過頭看著這個可憐的老先生。

「你抓著我有什麼用呢?把手放開。我問個話，就問個話而已。」

他覺得王先生的小孩非常有問題，而且他的問題一定是讓他沒辦法下山喝喜酒的，他越想越氣。楊警官把一個字一個字非常清楚的說出來

「把、手、放、開。」

王先生還是緊抓著楊警官的手，突然間，楊警官反手一抓，他扭住王先生的手，很快地把他的手壓制在後面，王先生開始掙扎，他揮動著另外一隻手中的鉗子，楊警官伸出手把王先生另外一隻手抓過來，兩手一起壓在王先生的身後，楊警官從身後抓著王先生的兩隻手，宛如抓著雞的翅膀，王先生無用地掙脫著，楊警官不斷施力。

「把我放開!」王先生重複叫著。

「王先生，雨已經開始大了，我們幫你找個地方躲雨吧!」

楊警官強壓著王先生到了放置單軌車的小亭子，王先生還是繼續掙扎，他開始很生氣地辱罵楊警官。

「你到底是警察還是流氓啊?」

「這有差很多嗎?」楊警官很不屑地說。

他把王先生拉到小亭子的圓柱上，下意識要從身體後面拿出手銬的時候，他發現今天根本沒有帶手銬出來，早上出門的時候他沒有想到用手銬的理由，至於為什麼沒帶手銬反而把槍帶出來了，那是因為長久下來，他已經很習慣把槍套穿在身上了。

「把手銬拿過來！」他對著小吳喊。

先前他看著楊警官拉著王先生，好像是個小跟班在旁邊跟著，想幫誰都不對，他愣愣地站在原來的土坡上面。

「把手銬給我！操你媽！小吳你想死是不是？把手銬給我！」楊警官繼續把聲音加大。

小吳不情願地把手銬卸下，緩緩地走向小亭子。

「楊警官，這樣不大好吧……」小吳怯聲怯語地。

「拿來！」

楊警官用小吳的手銬把王先生銬在圓柱上面，離開小亭子的時候，他突然轉過頭來對著小吳說：「你如果把他放了的話，你就死定了！」

小吳欲言又止，想替王先生求饒的樣子。

「你想死是不是？你要是放了他，我一定會讓你死得很難看的！」楊警官似乎看穿了小吳的心事。

二十六

楊警官倒在他自己的血泊之前，他一定沒想到他這麼快就死去了。所有人都不會相信，包括小吳、王先生，或是他的妻子和那兩個可愛的小孩，甚至包括在山下等他去喝喜酒的好朋友。

他是一個貧窮的人，這裡的貧窮不是指錢而已，雖然楊警官口袋裡的銀兩也不多。他是一個只會辦案，肚子裡沒什麼學問，講話非常粗魯，除了買菸錢之外零用錢非常少，大部分的錢都交了家人。他從來不會為他的貧窮找藉口，他不會怪家人沒有錢給他念書，沒有抱怨過別人有黑錢他沒有，也從來沒有抱怨過國家給他的薪水很少，雖然他是一個討厭的人，但是他理直氣壯地安身在他的貧窮裡，他也不會到處告訴別人，他窮得怡然自得、心安理得。兩個星期後，他的公祭典禮，來了非常多人，長官在致詞的時候說他是「警界楷模」，對這些虛偽、沒事只是出來講講好聽話的官員而言，這句話倒真的是實話。

幾分鐘前，他押著王先生到小亭子裡，把他銬起來，走的時候，大聲地恐嚇小吳。楊警官一定不相信他的人生已經沒剩下幾分鐘了，他的背影一直往蘭花園的方向走去，在他走進森林的當下，迎面而來就是籠罩在森林裡面的霧，還有那濕濕的爛泥路。剛上路的時候，他心裡面還暗罵著：「我怎麼會這麼倒楣來到這種爛地方！」一路上他小心地走著，就像剛學溜冰的人穿上了冰鞋一樣，很怕不小心滑倒，整個衣服摔在爛泥堆裡。

其實他什麼爛場面都見過了，什麼樣慘的屍體都摸過了，但是一踏上這條路的時候，他的心裡面覺得非常不對勁。他突然想到他昨天帶小孩去吃蚵仔煎的事情，他們進去了一個賣蚵仔煎的店裡，進去的時候他就覺得不對勁，不是因為店裡面空蕩蕩的原因，而是那老闆看起來就不是當廚師的料，一副對食物沒有任何熱情的樣子，那時候他就想走了，但是看小孩很想吃的樣子，他想，好吧，蚵仔煎那麼簡單的東西，縱使閉著眼睛隨便做，也不會難吃到哪裡去。後來蚵仔煎端上來了，他的小孩吃了一口馬上說：「爸爸，這個東西怎麼吃起來黏黏的，好像在吃鼻涕一樣。」他把老闆叫過來，當面質問他怎麼可以把東西做得那麼難吃，老闆也火了，兩個人就在裡面吵了起來。他帶著小孩非常不高興地離開，但是他替他的小兒子感到非常的驕傲，因為他的小兒子竟然可以用「鼻涕」來形容蚵仔煎。楊警官從小就對念書沒有很大興致，他對這種有想像力的文字充滿了敬佩，雖然當初看到那間蚵仔煎小店時，他有點猶豫要不要進去，他的判斷沒錯，東西真的難吃極了，但是他很高興知道他有一個非常聰明的小孩。

他邊走在這個爛泥路上邊想著這個事情，他現在猶豫著是不是要轉身離開算了，把王先生押到山下的派出所再好好的問他；或是乾脆先把他關起來，去台中喝完喜酒再說吧。他邊走邊想著，不知不覺他就看到了小屋旁邊的窗戶，就是靠床的那個窗戶，窗戶隔著紗網以及欄杆，他湊在欄杆前仔細看著裡面，裡面空無一人，卻是有人生活過的痕跡。他駐足了一會兒，繞過屋子的後面，經過一攤積水，來到了王先生之前堆滿小屋東西的地方，隨後他看到屋子的大門，大門緊閉著，他走過去輕輕推了一下，然後再用身體靠著，重重地撞了一下，想把大門撞開，整個大門動也不動的，好像是裡面反鎖住的樣子，他放棄推開門，轉個彎，到了蘭花園，他看到了小屋的洞口，他往前走過去，非常警戒地靠了過去，他隔了一段距離朝小洞裡面四顧看著。

屋內毫無動靜，他深怕有人就躲在某個角落，冷不防地衝了出來，他看了一會兒，轉過頭朝著蘭花園，他看了一下手錶，已經過了中午的時刻了，他看著四周的蘭花園，然後從口袋裡面拿出菸，點上，他把煙吸了進去，然後緩緩地從喉嚨裡面，像煙囪一樣，慢慢吐了出來。

楊警官心裡想著，就用這支菸的時間看看會遇到什麼事情，這支菸抽完時，什麼都沒發生的話，他便走了。而且這次下山他要去走那條崩壞的路，他再也不要走原先那什麼鬼路了。森林裡面安安靜靜的，再一次轉過去看小屋的時候，小屋的洞口上面已經趴了一個人，楊警官不自覺的往後退，他吸了一口煙之後再往前走，不知道什麼時候開始，阿川趴在洞口看著楊警官。

「你就是王先生的兒子嗎？」楊警官遠遠地問著阿川。

阿川點頭了，他已經沒有那些「我」的認同問題了，似乎在這個時候，唯有盡快當老先生的兒子，才能把事情做下去。阿川貌似天真地看著楊警官，他指著楊警官的香菸，並用兩隻手指比著抽菸的姿態，楊警官看著自己的菸盒，笑了一下，他從菸盒裡掏出一支菸遞給阿川，拿出打火機，阿川非常溫馴地把菸接過來，然後把臉湊過去，在幫阿川點菸前，楊警官吸進了他人生的最後一口煙，他把打火機靠向阿川，非常不預期地，阿川伸長了他的左手，那好像是一隻可以無限延伸的手一樣，緊緊地圈住了楊警官的脖子，把楊警官的側臉頂在洞口，阿川右手拿著鐵爪，就是他之前從蘭花架拆下的鐵架子，用上面那四根突出物，不斷地向楊警官的脖子插進去，楊警官的頸部絲毫沒有防備能力，不斷地讓鐵爪刺進去又拔出來。阿川來回戳了七、八下，楊警官脖子上一個個窟窿像失控的水龍頭一樣，血液不斷地噴出。

整個過程中，阿川不只是要置楊警官於死地而已，他完全釋放自己，像禽獸一般瘋狂地咬爛獵物，他要讓他的獵物死狀悽慘，以顯示出他的威猛和攻擊力道。鐵架每一次的刺入、拉起，都帶出大量的鮮血，不斷噴到阿川的臉上，他深陷在暴力的快感裡面，手一直無法停下來。

楊警官完全沒有抵抗能力，他整張臉被貼在洞口，雖然他感覺到脖子上有東西不斷的湧出來，可能是事情來得太突然，痛還沒有反應到他的身上。他不斷地掙脫，甚至想罵出常用的三字經，他發現他的聲音消失了，他聽到了類似沙沙的聲音，好像風穿過樹林在樹葉間摩擦出的聲音一樣。就在他生命的最後一刻，他把手伸進了他的槍套，拉出了手槍，他把槍舉起來對著阿川，開槍前，阿川鬆開他的脖子，把楊警官用力往外推出去。

在楊警官倒下的過程中，他那口之前吸進去還沒吐出來的煙終於慢慢流出來了，它就像一朵雲一樣，緩緩地從他嘴巴飄出。他睜大了眼睛，看著阿川，在倒下的短短時間內，他朝洞口射出了兩顆子彈。楊警官倒在離洞口五公尺遠的地方，摔下去的地方剛好積了一堆爛泥，他那套頗有紀念意義的小西裝就這麼摔在泥堆裡，這是他生前最不願意看到的事情，現在他來不及生氣，也來不及罵三字經了。血繼續不斷地從他的脖子噴出，他張著嘴，睜大著眼，剛才吸進去的那口煙，些微殘留盤旋在他的嘴裡，他的臉已經沒有表情了，但是身體就像阿川之前殺過的那條魚一樣，還在微微顫動著。

二十七

突然的槍聲解開了王先生和小吳在小亭子裡無止無盡的尷尬。

楊警官離開後，王先生好幾次叫小吳放了他，小吳根本不敢，剛開始小吳只是低聲下氣地安慰著王先生，叫他忍耐一下，到後來王先生心已死了，他就不再說了。小吳不敢看王先生，他一直假裝看著蘭花園的方向，好像是後勤單位密切注意前線的發展。

兩人看著槍聲的方向，嘴巴張得一樣開，其實兩人想的事情都是一樣的：「阿川中槍了！」以楊警官的個性絕對不是開槍示警而已，他是會把槍瞄準阿川的身體才開，到底發生了什麼事？是阿川主動攻擊楊警官，導致楊警官開槍？還是楊警官看阿川不爽直接把槍開下去？十個問題、一百個問題在兩個人身邊盤旋。小吳像著了魔一樣往開槍的地方走去，王先生留在小亭子裡，看著小吳慢慢消失在森林的霧裡。

兩聲槍聲好像把森林所有的聲音都吃掉了，所有蟲鳴鳥叫、人聲走動的聲音全部不見了，在小吳快走到小屋的時候，他心裡覺得非常的不踏實，他沒有看到楊警官，整個小屋安安靜靜的，如果是楊警官開槍的話，你一定可以聽到他的聲音，不是在大聲地咒罵他開槍的對象、就是呼喊著小吳的名字叫他趕快過來。

小吳害怕了，他走向小屋的窗口，隱隱約約看到阿川的身影在小屋裡走動。

「楊警官呢？」小吳心裡面想著。

他從小屋的另外一端繞過去，直接走到了屋簷下。首先映在他眼睛的是一隻沒有穿鞋子的腳，腳上面的襪子已經破一個洞了，楊警官的半個大拇指就露在洞外面，旁邊是他的那隻鞋子，跌落在一旁。他再往前走去，楊警官直直地躺著，脖子上的血雖然已經停了，但是整個脖子血肉模糊的，他緊握著槍，兩眼直瞪著天空，似乎有上百個為什麼想問老天爺。小吳看著楊警官的屍體，雖然他對這個人沒有任何同情心，但是現在問題大了，死掉一個警察比整村的人死光光還嚴重。

小吳不明瞭楊警官到底發生了什麼事，他緩緩地將頭轉向小屋洞口，他看到洞口四周的牆壁上噴滿了血。突然他眼睛一陣的刺痛，等到他想用手去摀著眼睛的時候，他發現他的左眼已經睜不開來了，很快的，眼睛不斷地有黏液湧出，他摀著眼想逃離這個地方，往前走沒多久，他被楊警官的屍體絆倒，整個人摔落在泥濘中，由於手沾滿了爛泥，他不敢用手摀著眼，等到他再睜開眼的時候，他看到阿川就站在小屋前面，冷冷的看著他，他從他另外一隻眼睛看到阿川滿臉是血，露出了嘲笑的表情，一副為惡不仁的樣子，小吳起身，又再一次摔落在地，他被阿川的樣子嚇怕了，再加上蘭花園的地滑，他不斷地摔落、起身、摔落、起身，好像是刻意給阿川看一齣荒謬劇一樣。

小吳跑走了，而且邊跑邊叫，深怕別人找不到他的樣子。

阿川跟了過去，他隨手拿起了一旁的圓鍬，就是那隻王先生打死他女婿以及小吳用來挖出奶粉罐的那把圓鍬，他跨過了楊警官的屍體，跟著小吳的身影追了過去。他順著蘭花園的方向往山下走，小吳的身影很快就隱沒在山上的寧靜小路。四月天的天氣應該是非常適合在林間散步的，阿川卻拿著圓鍬追著小時候的好朋友。

之前阿川躲過楊警官的子彈，慢慢從小屋洞口露出的時候，他看到楊警官躺在泥堆裡，他突然想起楊警官遞給他的香菸，他四處找著，屋內屋外都沒有看到那根菸的蹤跡。後來他看到小吳緩緩地朝小屋接近，他本想在小吳身上再使用一次鐵爪，忽然間他想到了這位同學送給他的彈弓。

前些日子，他把王先生蘭花園的各種東西當作目標物在練習，這次真的是實彈射擊，彈珠直直的飛出去，它的速度快到連小吳的眼睛都來不及閉上。阿川看見小吳的眼睛開始流出濃稠的紅色東西。小吳痛到像殺豬般的大叫，不斷重複跌落在地上，過程中他還有一度被楊警官的屍體所絆倒，阿川走出了小屋，森林裡面的霧不知道在什麼時候已經散去了。他走到小屋的屋簷下，短短的時間，小吳的眼睛就腫得像一顆爛蘋果一樣。

他看著小吳跑下山，隱隱約約地沿著斜坡跌跌撞撞地往前跑，就在前面不遠的地方，阿川不急不緩地追著。和對待楊警官不同的方式，他看到楊警官瞬間死去，對暴力可以讓生命突然消失心裡面有一種說不出的激動，他想把這個激動延續到小吳的身上，而且不想一次用完，他想慢慢地追著他，直到角落的時候再慢慢地把他整死。

從頭到尾他對小吳沒有什麼好感，幾次見面他總覺得這個人扭扭捏捏的，尤其他到山上小屋找他，自己很開心講著笑話的時候，他真的覺得這個人有點笨。後來他又面露傷感地陳述往日的童年之情，他真的快噁心得想吐了，他很難想像他竟然可以用這麼傷感的方式把自己的情感毫無保留地講出來。

阿川是一個直覺很好的獵人，他憑著直覺，走在山上毫無道路痕跡的森林裡。沿途中有好幾次，小吳已經完全消失在眼前了。再一次看到小吳的時候，是他走上了一座橋、越過河，之後消失在河的另一端。阿川不急不緩地跟過去，越過河後，不遠的方向他看到一個用帆布棚搭建的一個小工寮，工寮內留下有人待過的痕跡，地上攤了一堆石塊，可能之前有人用這些石塊疊成火爐來煮東西。

他舉目四望，再也沒看到小吳的蹤影。他走到河邊，不知道什麼時候太陽已經出來了，陽光射進了這個潮濕的林地，那些平常暗藏在森林裡面的細微小飛蟲成群地飛出來，牠們飛舞在難得出現的陽光裡。他沿著河走著，上了一個山坡，當初他不應該那麼有把握，用散步的心情來追這個獵物，他再一次舉目四望，再也沒看到小吳的蹤影。

前面就是一條直接到山下的路，再過去就是可以看到車子行走的主要幹道了，小吳應該是往這個方向下去了，也許他現在已經攔到車直接回派出所，再過沒多久，整個山裡面就包圍了警察。阿川現在心理上已經慢慢轉變了，不再是獵人的角色，而變成是一個在森林裡面沒有方向的獵物。他是不是應該離開這裡，永遠地離開這座山，去過另一種生活？他心裡想到老先生，他開始可憐起這個老先生，可能是阿川的「我」又在心裡面作祟了吧！這些想不清楚、搞不明白的東西，讓阿川心裡變得很浮躁。

就在那下山的方向，阿川突然聽到一個東西摔落到水裡面的聲音，好像有人拿大石頭往水裡面丟一樣。他走下山，看到一個斜坡上面有東西滑過的痕跡，他順著這個痕跡下去，看到小吳那個肥胖的身軀，撐著水池的邊緣，努力地想把身體拉抬上去。他遠遠地看著小吳，沒想到在這意外之下又見面了。他繞下山，走到水池前面。

那是一個非常骯髒的蓄水池，上面浮滿了青苔，一堆小蚊蠅圍繞著小吳展翅著，牠們似乎對小吳侵擾了牠們的地盤非常生氣，這些小飛蚊待命著要找個最好的時間點往小吳身上招呼過去。小吳已經完全沒有力氣了，他想靠雙肩把自己的身體立起來。

阿川看著小吳，他的眼珠子已經腫得比之前看到的脹大了好幾倍。阿川手上轉動著圓鍬，其實不需要費很大勁，小吳就會陳屍在這個水底。而且不消一天的時間，他全部的肉身應該就會被水池底下的寄生蟲啃噬乾淨。

阿川拿著圓鍬走向小吳，忽然間，他把圓鍬丟在一旁，彎下身，把小吳從水裡面拉起來，小吳的身體宛如一顆重達數百公斤的大石頭，他已經完全沒力了，任由阿川拖上來。拉上岸後，兩個人一起跌坐在地上。阿川第一次這麼近地看到小吳的眼睛，雖然他那隻受傷的眼睛閉著，但是由於整個眼睛腫得離譜，眼皮沒辦法整個闔上，他從眼皮的隙縫中，看到裡面不成形狀的眼球，好像是被攪散的豆花一樣。

小吳整個人平躺著，不斷地喘氣，受傷的眼皮一直不斷地抖動著。現在的他不是只有眼睛瞎掉的問題而已，似乎所有的細菌都可以穿過這個眼球，直接抵達後面的腦漿。

阿川不想再殺他了，由於兩人躺的地方剛好是泥漿的位置，阿川起來以後把小吳拉到樹旁邊，讓他的身體就樹幹靠著，他蹲在一旁看著他。現在所有的人都陷在爛泥沼裡面了，包括他、王先生、甚至小吳，當然更不用提那個已經死掉的楊警官，不管如何使力，任何人都無法脫身。阿川心裡面想著：他絕對沒有力氣把小吳拉回去原來的蘭花園，他也不願意把他拉到公路旁，幫他叫一台車到醫院。

他想到了遺失在蘭花園的那根香菸。他開始伸手摸著小吳的口袋，很快地，阿川從小吳的褲袋裡面找到了一包香菸，整個菸盒泡過水以後，濕成一團。他打開菸盒，拿出裡面的打火機，他一根一根地把香菸抽出來，大部分的菸在被抽出來的時候濾嘴就和菸身脫離了，最後他抽出完整的一根，雖然泡了一點水，但是整個菸身是完整的。而且很意外地，打火機在幾次點火後，火著了起來。他將火苗往整根香菸不斷來回烤，那根受了潮氣的菸身沒多久就靠自己的力量挺立起來，雖然站得有點歪歪扭扭的，但是至少是一根香菸的樣子。他放到嘴巴上，點起火，在這午後的林間，他長吸了一口，然後緩緩地吐出。

好不容易，他可以獨自享受一根完整的香菸。從他第一次吸到小吳的菸屁股的時候，那時候他還蠻訝異自己對香菸有這麼大的渴望，是以前的阿川把對香菸的需要還留在身體裡面嗎？當初這個問題曾經在很短暫的時間出現過，現在又再出現了。

他靜靜地抽著菸，看著遠處清澈的山林。就在他吸下一口菸，正準備要吐出來的時候，他聽到了槍聲，緊接著阿川發覺他的腹部劇痛到讓他無法站立，他跪下來，手摀著肚子，血汩汩地從他的指間流出。

小吳靠在樹幹，手上拿著一把槍對著阿川，槍口還微微飄著子彈被擊發以後所留下的煙。他受傷的眼皮不自覺的抖動著，他微微張著另一隻眼睛。

「操你媽的！要不是看在王伯伯的份上，我早就把你殺了。」小吳平靜地說道。

事實上，小吳只說對了一半，當初他看到滿臉是血的阿川，他嚇到屎尿差點沒噴出來。後來小吳跑下蘭花園，在經過河床的時候他想起了他身後的那把槍。這把槍他已經佩帶了將近十幾年了，從他調來山上以後就跟著他，期間除了固定的槍枝保養，把零件拆下來上油之外，他從來沒有真正擊發過，那種把子彈發射出去後手上所感受的後坐力，從警察學校畢業後，他就再沒有感受過了。他沿路感到非常窩囊，他可能是警界第一個拿著槍被一個拿圓鍬的人追的警察，更何況追他的人是他的同學。

他曾經想停下來躲在某個地方伏擊阿川，但是心裡又沒有底，他的眼睛已經瞎掉了，而且又那麼久沒有使用槍枝，萬一沒有打中被阿川發現的話，那最後真的可能會曝屍山林。死亡的恐懼逼著他一直往前跑，他非常熟悉山上的地形，在越過一個河床後，他知道再往下走，就可以到達公路了。他沒辦法跑得很快，沿路好幾次他都是因為眼睛的問題，往樹幹撞了好幾次，還有一次直接撞上頭，整個人摔在一旁，就在他爬上坡，已經遠遠看到公路的時候，他想抄捷徑直接從斜坡下去，沒想到地面的濕滑讓他整個人就像溜滑梯一樣，直接滑進了池子裡。

在池子裡他已經哭不出來了，耳邊聽到成群的黑蚊子嗡嗡的聲音，而且水池的高度跟他肩膀齊高，他雙腳踩著池底下的爛泥，灰心到了極點，他知道他再也爬不起來了，整個池壁非常平滑，更不用說他現在一點力氣都沒有了。

後來他聽到阿川的腳步聲從後面過來，沒多久，他手中拿著那個大圓鍬，冷冷的看著小吳。他看到那個圓鍬，還是他當初挖奶粉罐所使用的，他看著那個圓鍬，盯著阿川的臉，想著：「我真的是真心換絕情。」

後來他看到阿川把圓鍬丟了，把他拉了上來，又把他拉離開那爛泥巴，靠在樹上。他覺得他的人生已經來來回回死了好幾次了，就算現在馬上死去的話，他也認了。不過更讓他難以忍受的是，他沒想到阿川竟然從他口袋裡摸出了菸，然後就把他放在一旁，自顧著享受。

他看著阿川的背影，把槍拿出來，阿川像是一個不動的標靶站在那邊，如果小吳再沒打中的話，那小吳就沒有怨言了，他該命絕於此。

小吳站起來了。他看著蹲在地上摀著肚子的阿川，用槍指著他說道：「幹！你不要以為我眼睛看不到，就算我兩隻眼睛閉起來我照樣可以打到你。」

小吳把槍放回槍套，把阿川扶了起來，他將阿川其中一隻手勾在他的肩膀上，小吳半拖半扶地把他帶回蘭花園。

二十八

所有人都把王先生忘了。當初小吳離開的時候，王先生沒有在第一時間叫小吳把他解開，其實聽到槍聲的時候他也傻住了，他覺得阿川已經走了。這幾個星期以來在他心裡面糾結的東西突然離開了，頓時間他有種說不出來的輕鬆。所有事情似乎又回到了原點，回到他一個人的生活。等到楊警官回來之後，他會把所有的事情原原本本全部告訴楊警官，他無所謂了，一個人過，在山上或哪裡應該都一樣吧，更何況王先生覺得他最後的日子也沒幾年了，日子過得下去或過不下去，對他來說一點都沒差，甚至這麼結束也無所謂。

沒多久，他聽到小吳的慘叫聲，緊接著兩個人都不見了，突然間他覺得他好像是被遺忘的東西，大家來山上走一走、熱鬧一下，走的時候就忘記把他帶走了。慢慢地他的腳再也支撐不住了，他想蹲下來或坐下來都沒辦法，手彎在後面被銬住，除了繼續弓著像蝦子一樣，能換的姿勢真的不多。整個手銬緊緊抓著他的手腕，逼得他也無法任意亂動。

他看到太陽過了山的另外一邊，正準備要回家了。

王先生看著小吳背著阿川回來了，兩個人非常狼狽，好像剛從戰場回來的樣子，他們慢慢靠近森林入口，小吳緩緩放下肩上的阿川，讓他平躺在地上，小吳坐在一旁低著頭不斷地喘氣。

以前小吳看到王先生的時候，不管坐著或站著，他都會挺起腰板、很恭敬地和他講話，現在他低著頭，什麼也沒說。早先聽到槍聲的時候，王先生以為阿川死了，後來聽到小吳恐怖的叫聲，他對事情的發展就無從猜測了。現在他看到小吳左邊眼睛都爛掉了，阿川又躺在地上。

「小吳，幫我把手銬解開。」王先生看著小吳的方向，小聲地提醒小吳。

小吳站起來，從口袋裡拿出鑰匙，走到王先生身後把手銬解開。手銬一離開他的手腕，王先生差點跪了下去，他沒有預期到他的腳已經完全不屬於自己的。

「王伯伯，我不是故意的，槍不小心走火了……」小吳在旁邊扶著王先生，嘴裡就只是重複這句話，好像是跳針的ＣＤ一樣。

小吳說謊了，他不再是一個唯唯諾諾、不知如何處理事情的笨警察，也不再是一個刻意討長輩歡心、固守著同學友誼的濫好人了。

當初他在水池旁扣下扳機的時候，刻意地避開阿川的脊椎，瞄準了腹部的地方，把子彈擊發出去。他是故意的，希望這槍下去不要讓阿川人癱了或是死了，他覺得同學的情分沒有了沒關係，但是他不能帶著一具爛屍體回去見王伯伯。

他在水池旁扶起阿川，再把原來的路走過一次。他看著阿川的嘴唇越來越白，曾經有一段時間他很害怕阿川失血過多死掉，快到河邊的時候他還問了阿川一句話：

「同學，你還好吧？」

那時候阿川轉過頭來看著他，皺著眉、一副想殺人的樣子，頓時讓小吳寬心不少，他覺得他同學應該還可以撐一陣子。還好阿川還可以使上一些力，不然完全要靠自己的力量把他拖回來的話，那真的是不可能的。

他再也不怕阿川了。從小他就把阿川當作老大一樣，跟在他後面。長大以後他還是把這個老大放在心上，常常很主動地想去維持這個情誼，從現在開始他不必再這麼用心了。自從槍開下去以後，他和阿川就算扯平了吧！更何況這對父子可能會坐一輩子的牢，而他自己呢？他也不曉得自己會怎麼樣。

王先生走出小亭子，往阿川走去，他蹲下身體查看阿川的傷口，翻開他的衣服，看到血水不斷從肚皮的傷口滲出來，王先生站起來，看著地上的阿川，忽然間他抬起腳，往阿川的傷口用力地踩下去，就像踩著一隻蟑螂，踩死之後還要用力地擰個兩三下。

阿川叫得和殺豬一樣，聲音非常淒厲。

「還知道痛喔，那死不了。」王先生對著地上的阿川說道。所有王先生對阿川的怨恨，似乎只剩下這麼一次機會來發洩了。

「你先把阿川扶到車上，我去蘭花園看一下。」王先生轉過頭對小吳說。

王先生來到蘭花園，他第一個看到的是小屋洞口外面的那攤用血揮灑出來的潑墨畫，他再往洞口走去，整個洞口邊緣還殘留著未乾的血跡。小屋依然如昔，他感覺整個事情的發生就在這洞口附近，他看到那個鐵爪放在屋子裡面的小桌上。王先生仔細看著它，發現它就是從蘭花架上面扯下來的，四個尖尖的刺上面還沾滿了血。他轉過頭看著蘭花園，眼前楊警官直直地躺著，很短的時間內，楊警官整個臉已經開始變形了，脖子上爬滿了小蟲。

二十九

那台可憐的單軌車慢吞吞地、搖晃著行駛在林間。阿川坐在平板車的前端，王先生坐在中間，小吳坐在尾端控制著煞車，三個人對小台車的承載量來講算是太多了。小台車緩緩地走下山，它轉過一個斜坡，在一個很陡峭的地方開始往下走，每一個人緊抓著台車的角落，阿川臉上的血跡已經乾了，他透出了一個蒼白的臉，坐在台車上搖來晃去，眼神非常的迷茫。

在人類的機動車發展史上，這種車是經由當地人的生活經驗所發展出來的，它不需要顧到一般車子所要考慮到的舒適、美觀和速度，它雖然非常的遲緩，卻是非常有人情味，三個人在小台車上搖搖晃晃、各有心事地看著自己的方向。這是史上最倒楣的三人組合：一個瞎了眼睛的警察、一個中槍的兒子，還有一個屁股永遠擦不完的父親。

走完這條路後，每個人都會走向他生命中所屬的道路。

小台車維持穩定的速度，上山和下山的車程時間是一樣的。王先生手緊緊抓著車子的兩邊，他先說話了。

「小吳，你回山上多久了？」

「警校畢業就回來了，已經快十年了吧。」

「你知道你爸爸和我交情很好，以前很多事情我們都是互相幫忙。幾年前他走的時候，我好像少了個弟弟。他少我兩歲，那天，我送他到山上的時候，我想過沒幾年就換我了。」王先生繼續和小吳說。

小吳背對著王先生，他邊低著頭邊搗著眼睛，他不明瞭為什麼在這個時刻王伯伯儘講些傷心的往事。對小吳來說，現在最麻煩的是下山了以後，怎麼把他們帶到派出所？整個事情的始末他現在還搞不清楚，他也不知道阿川到底是怎麼殺了楊警官的，甚至連他眼睛是怎麼受傷的他都搞不清楚，不過現在他知道小芸姊姊和他先生的事情，王伯伯他們絕對脫不了關係。好幾次他都想問出口了，但是話就是說不出來。

「小吳，你還記得我五年前打電話給你，說我中風的事情？」

小吳不說話了，他轉頭看了一下王先生，低聲說道：「記得。」

「你那時候不相信，還在電話裡笑著說：『王伯伯你中風了，怎麼可能還打電話給我說你中風。』還好你趕來了，不然我這條命也沒了！」

王先生一連串地把所有話都講出來了，他覺得他的時間已經不夠了，下山以後搞不好已經有一堆人圍著他家。先前他被銬在小亭子的時候，他一直覺得還蠻幸運的，蘭花園裡面發出了兩聲槍響，竟然都沒有人上來查看，如果讓鄰居看到他被銬在那邊的話，那就真的是太尷尬了。

「你小時候常來我們家裡玩，這幾年阿川不在家，你有時候也會來家裡看我。我一直覺得你和阿川像兄弟一樣。你知道阿川生病了，其實我到現在一直不太了解這種病，我有時候還在懷疑他到底有沒有生病？他甚至變聰明了，完全不像以前的阿川，有時候看他靜靜的，不知道在想什麼的時候，好像阿川又回來了。這幾天是這幾年來我跟他相處在一起最久，也講過最多話的時候，我想以後再也沒有機會了。」

王先生勾起了許多小吳的回憶，要不是他的眼睛爛掉的話，他那成堆的淚水應該會狂流而下。在他的成長裡面，王伯伯更像他的父親。小時候他們家很窮，什麼好吃的都是在王伯伯家吃到的。小時候的阿川也不是一個吝嗇的人，他不會因為家裡多了一個人來搶食心裡就不開心，這些念頭長久以來他已經轉化成對王家的感念了。

小台車繼續走著，再轉過一個彎，走一段很長的直線下坡，就到了王家。

王先生繼續說：「今天你和楊警官來蘭花園的時候，我遠遠看到你們在小屋前和阿川在講話，我心裡就覺得非常不對勁，我從蘭花架上面摘下了鐵網，藏在身後，靜靜地走向你們，趁楊警官在和阿川問話的過程中，我把鐵網從他的頸部戳進去，而且連戳了好幾次，在過程中楊警官拔槍出來，對著我開槍，沒有打中我。後來你嚇壞了，拔出槍對著我，我知道你不會對我開槍，我衝過去抓住你的手，想把你的槍搶下來，過程中，槍不小心走火打中了阿川。最後你還是把我制伏了，把我壓在地上，並把我銬起來，我講的你聽懂了嗎？我的意思是說，其實有時候你看到的東西，並不完全是你所看到的。今天你看到的東西都和阿川完全無關，你知道了嗎？」

王先生緩慢的把所有的來龍去脈、所有的過程和小吳講解了一遍。小吳難過得不知道該說什麼，他聽著一個老先生在幫他兒子脫罪，把現場狀況很有條理地告訴他。對一個警察而言，他們所理解的東西就是再簡單不過了，就是看到的就是看到的，沒看到的呢，就是想辦法用已經看到的去推演。

他開始搞混了，他到底看到了什麼？當初他看到阿川滿臉是血地追著他，難道是他的幻覺嗎？

他最後很無奈地問了一句：「王伯伯，那我的眼睛是怎麼受傷的？」

王先生突然很義正辭嚴地點破了他：「你警察當了這麼久，怎麼一點想像力都沒有？」

小吳終於了解了，當初在阿川回來，進到阿川家的時候，他應該就要有想像力，把他想到的東西講出來。那時候他記得剛進家門的時候，撇開裡面明明有人但是長時間沒有人來應門不說，進去後那種血腥味，阿川那種宛如陌生人的感覺，甚至穿著襪子去洗澡的疑點，他都一一略過了。當他發現桌上有血跡的時候，王伯伯那個尷尬的臉，他還非常善意地用殺雞來化解尷尬。也許當初他應該用想像力把整個事情挖出來，但是他藏在心裡面，一切都不敢多想。

你怎麼可能在自己的好朋友及王伯伯身上，用想像力挖出這麼多不可思議的事情呢？

王先生繼續說：「小芸的後事就麻煩你了，你幫我找個風景好的地方把她葬起來吧。」

單軌車慢慢地駛進了王先生家的棚子，小吳下車，將阿川扶進房裡，王先生走在後面。一進屋內小吳把阿川放在椅子上，打電話給派出所。王先生進到浴室將毛巾弄濕，親自擦拭著阿川臉上的血跡。非常幸運地，家裡沒有圍一堆人等著問東問西。阿川斜躺在一張藤椅上，他非常虛弱、半閉著眼睛，看著眼前的老先生。

「所有的事情，你只要聽，盡量少講。然後把傷養好。」老先生看著阿川說道。

其實王先生講這些話的時候，他已經沒有把握阿川可以把傷治好。他有點後悔他在山上時，往他肚子上補了一腳，可能他真的太生氣了，對一個生氣的父親來說，阿川所引發的所有的事不是一兩個巴掌就可以解決的，整個事情的傷害是沒辦法再修復的，女兒死的時候他雖然生氣，但是他用「兒子生病了」來原諒阿川，現在他已經談不上什麼原諒了，事情就是這樣子了。

現在日子對王先生來說，可能沒有所謂平安這件事情了，但是他希望至少眼前的阿川能繼續活下去，就算是活在一個他不知道的角落裡，那也算是很好了。

王先生把擦過阿川的毛巾拿到水槽，在水龍頭底下不斷地清洗、搓揉，他希望阿川沾到的所有痕跡都能全部被清除掉。小吳打完電話後站在小屋門口，他不想待在裡面面對著阿川和王先生，他忍受不了那種氣氛。

王先生走向小吳，他非常客氣地和小吳講：「小吳，所有事情就麻煩你了。」隨後他就將雙手放在背後，要小吳把他銬起來。

小吳把王先生銬起來了，他從後面抓著手銬，似乎防範王先生逃走，王先生低著頭，兩個人就站在那邊，等著大家來看一個英勇的警察如何制伏一個頑固的殺人犯。警車、救護車經過很長的時間才來到現場，王先生和小吳好像是街頭藝人一樣，在那邊一動也不動地站了很久，他們似乎等著有人把錢投到桶子裡面的時候，才會像機器人一樣動一下。

三十

隔天一早，蘭花園被拉起了封鎖線，到處聚滿了人。小芸的屍體很快就被挖出來了，在蘭花園後方，王先生之前不知道在那裡找到一塊帆布把小芸的屍體包起來，他在小芸身上捆了好幾層繩子。小芸被埋的地方不深，挖掘的人鏟了兩三下就碰到她的身體了。

警方也出動了怪手，挖掘開埋車的地方，就在他們看到車頂的時候，一個當地派出所的所長還開玩笑說：「這傢伙被埋在後車廂那麼久，不知道還有沒有在喘氣？」他說完自己笑了，隨後他又再補了一句：「現場有人會做CPR的嗎？」大家哈哈大笑，甚至有一個人還回答說：「都已經忘了！」等到他們撬開後車廂，一股很濃臭的味道從裡面傳出來，所有人像是被什麼髒東西噴到一樣，連忙閃到一旁。

女婿躺在後車廂裡，他身體朝內整個蜷曲著，整個身體攀爬著黑色的長蚯蚓。所有人都逃離現場。後來他們用怪手將車子慢慢拉出來，車子經過土的擠壓已經不成車形了，整個車頂幾乎已經壓平。車子被停放在森林的入口，一直過了很久的時間，才有人把女婿的屍體拉出來，放到屍袋裡。

山上起了非常大的濃霧，似乎想掩飾一個在廣闊的蒼穹下，被擠壓在天與地之間的祕密。

三十一

整個調查工作很快就結束了，王先生在被送到山下的時候，很快把所有事情都告訴檢察官。王先生鉅細靡遺地把所有埋屍的過程講述了一遍，尤其如何打死女婿、埋女婿屍體那段，讓檢警瞠目結舌。雖然警方一度懷疑王先生一個人不可能幹這麼大的事情，但是因為他講了太多的細節，也讓他們不得不相信。他講到他如何去向老李借怪手，沿著公路把怪手開到山腳下，然後把一台無法開上山的車子用怪手硬拉上去，大概花了多少時間把洞挖出來，他更提到了在把車子埋下前，他在洞裡面發現他算錯了尺寸，挖了一個剛剛好、車門打不開的洞，最後只好用怪手緩緩地把車推進去。當然他避開了在洞裡面阿川要把他活埋的夢。

至於在女兒方面，王先生把女兒形容成一個非常瞧不起自己弟弟的壞女人。他說女兒本來要回來照顧弟弟，但是回來以後不斷在數落弟弟並羞辱爸爸，他一氣之下就去廚房拿了刀子，把女兒肚子刺穿了。這些都是俗爛的電視劇劇碼或新聞報導裡面，家庭失和的人間悲劇，只不過王先生換個說法來套在自己的身上。

吳醫師提供了一個非常重要的證詞：他一直覺得王先生精神上有一些問題，尤其他帶著兒子來的那一次，他根本不覺得兒子有問題，雖然王先生一直說他兒子怪怪的，他覺得他兒子還好，反而是這位老先生在問答之間，對於一些事有所掩飾。

王先生這些證詞的可信度，在小吳的力挺之下更不容別人質疑。

小吳一隻眼睛瞎了，當天他被送進醫院緊急開刀治療。在醫院待沒幾天，警方就開始進醫院問話，他們問他的方式不是像對待一般的犯人，而像是去瞻仰一位因公受傷的英勇警察。在深怕打擾他的休養之餘，他們還是提問了一些問題。小吳答應了王先生，他把王先生當初怎麼殺害楊警官的過程照著王先生說的重複一遍。

沒有人會相信警察會作假證詞，更沒有人相信一個受傷的警察會是謊話連篇。小吳被問話的時間很短，最後都是在祝他身體早日康復下結束了訪談。

大家都替他惋惜，甚至有個警察帶著同情、很直率地問：「小吳，接下來你怎麼辦？」小吳當然不知道怎麼辦，但是他還是開玩笑的回答：「看能不能進忠烈祠吧！」

這個案子曾經上了兩、三天的報紙重要版面，但是很快地，那些想追蹤這條新聞的人便只能很有耐心地在報紙很不明顯的角落才能找到後續報導。新聞就是這樣，一條更大的新聞蓋過一條大新聞，當大新聞被踢到角落的時候，接下來就只剩下當事人在他的餘生和記憶搏鬥了。

問題比較多的是阿川。

他被送到醫院的時候血壓已經非常微弱，身體裡面的血已經流得差不多了，醫護人員幫他做了緊急輸血，然後開刀把子彈取出。他們很驚訝在這麼長的流血過程，竟然這個年輕人還能活下來。他住了一個星期的加護病房，檢調人員也一直在等著把一些問題做最後的釐清。

他的身體慢慢復原了，但是阿川卻生病了，就像剛開始被送回老家的狀況一樣，他整個人變得沉默不語，所有的問話阿川就這麼直直地看著對方，醫生檢測發現阿川陷入到重度憂鬱症。阿川不是因為聽了王先生最後和他講的話：「所有的事情，你只要聽，盡量少講。」然後故意在那裡裝傻賣啞。他就這麼眼睛直直地看著問話的人，甚至人家問他叫什麼名字的時候，他也是沉默不答。醫生的判斷是因為他驚嚇過度而失去了言語，但不是這樣。

醫生把他隔離起來，非常小心地照顧他，每天都有人看著他在房間內所有的活動，大部分的時間他都躺在床上，起來上廁所或吃飯的時候，剛開始都需要有人幫助，幾個星期以後，沒有人懷疑他是假裝沉默，想掩飾案情。

他在醫院住了一段時間，最後是小吳把他接回山上。

三十二

小吳比阿川還提早康復，醫生幫他換上一顆義眼，事實上小吳的傷很早就好了。在醫院沒多久，有人來問他將來做什麼打算，然後對方用很迂迴的方式暗示他可能沒辦法再從事警察的工作了，其實不用任何人提醒他，他早就不想幹了。

離開醫院的那天，他特別到病房探視阿川，他看到阿川在房間裡面走動，從他的眼神裡，他知道阿川還認識他，但是他感覺到阿川變得更沉默了，那是帶有一種病態的沉默，而且可能是有傳染性的。

他回到了山上，第一個回去的地方就是王先生的家。他用了王先生上警車前給他的鑰匙，開門進去。當初離開家的時候，王先生還謹慎地把所有窗戶都關起來，好像是要出一個沒有歸期的遠門一樣。進門後，小吳把所有窗戶打開，把裡面的霉味趕出去。他坐在餐桌旁一會兒。在醫院時，他已經想好了出路。他因為這次的受傷從國家那裡領了不少錢，他決定回來把王先生家附近的果園權利收回來，雖然會付出一些代價，但是他希望可以把王先生家的果園留下來自己管理。

隨後他到派出所，那些以前的同事很好奇地看著他的眼睛，還順便發表有關於美感和真假的看法，他們甚至問小吳：「這眼珠子可以轉嗎？」小吳非常包容所有人的玩笑，他大部分都是沉默以對，用微笑來回答所有的問題。派出所所長堅持要幫他接風，就是那位在挖女婿車子時問有沒有人會CPR的愛開玩笑的所長。小吳很堅定地把接風的事情推掉了，其實有什麼風好接的？山上就那幾間爛餐廳，每次聚會的時候都講一些言不及義的話，吃一些不知道從哪裡抓來的野味和一些不知道放了多久的海鮮。大部分的時間都是抽菸、喝酒。

以前的小吳常常在做不願意做的事情的時候，帶著微笑，一副怕得罪人的樣子，最後在別人身上耗了一大把時間，現在他的微笑已經變得很淺了，大部分的時間也都默默地看著對方，時間久了，大家都會找個藉口離開。

他花了一段時間慢慢去了解整個果樹的種植、採收及營銷的過程，他發現王先生的家裡面角落裡藏著一部非常大台的機器，那是他從來沒有注意過的機器。現在他才發現這是一台分果機，你只要把採集下來的蘋果或水梨放上去以後，它會依重量把不同大小的水果分類出來。

現在王先生家從前可以吃到雞血糕的地方，變成小吳的工作區，往後的餘生沒有意外的話，他終將會在這裡一直待著。

回來那幾天，他一直都停不下來。有一天，他突然想起王先生和他講的最後一句話，有關小芸姊姊的事情，他打電話到局裡，問了小芸的屍體現在放在哪裡？局裡面的人回答：前陣子做完驗屍以後，擺放遺體的地方也很納悶到底要怎麼處裡這個遺體？再沒有家屬來認領，就要直接火化了。小吳趕去台北，將小芸的遺體領出，載到山下殯儀館的冷凍櫃裡。他花了將近三天的時間去處理這些葬禮的事宜，他在王先生家附近找了一個墓園，選了一塊地，風景的視野也還可以。入殮那天他看小芸姊姊最後一眼，雖然死了那麼久，人都變形了，但是她的臉的感覺就是一個傷心的臉。

送到山上的時候，除了一些道士及葬儀社的工作人員外，小吳是唯一的代表，道士搖著鈴，嘴巴念著沒完沒了、一句也聽不懂的東西，小吳四下望著眼前的景色，看著墓碑面對的地方，他心想：「這真的不是一個風景很好的地方。」前面的山頭有一大塊都禿掉了，而且這禿掉的地方應該會越來越惡化。他心情很差，他無法達到王先生的要求，他不知道那塊風景好的地方在哪裡，他看到那道士還在搖鈴，他不覺得小芸姊姊會喜歡這樣的儀式。遠遠地烏雲又過來了，他希望那片烏雲到達頭頂之前，大家能把東西收一收，離開這裡。

在回家的路上，他收到派出所的電話通知關於阿川的事情。他們說阿川已經可以出院了，但是醫院的人認為阿川沒辦法自己過生活，他們還是希望有一個監護人。小吳心裡面想著：「為什麼這家的人死了沒人領，活的人也沒地方送，到底出了什麼事呢？」

他又再下山一次，趕到台北，把阿川接回來。

阿川一直被留在醫院主要原因不是因為他的傷勢嚴重，最重要的是檢警希望把他留在醫院可以不斷地觀察他，並從他口中問到一些事情。

小吳來接阿川的時候，有幾個便衣警察提醒小吳，希望他回去以後能多注意阿川，了解阿川是否和這個案子有所關聯。小吳當時用那顆假眼睛環視著前面這幾個人，他用非常平緩的聲音說著：「操你媽的！你們這些眼睛看得到的人都看不出什麼屁東西了，你還找我這瞎了眼的來看？我有領你們的錢嗎？你們是什麼東西啊？還是你們就把他帶回去，和你們老婆小孩住在一起，看他會不會把你們全家都殺光光！」小吳終於罵髒話了，他真傳到楊警官的精髓，但是他不是用音量來表現髒話的威力，他用他那顆假眼球，把髒話變成像魔法一樣讓人動彈不得。

阿川又回來山上了，這次回來他並沒有平躺在副駕駛座上，他就直直地坐著，看著外面不斷變化的風景，上山後穿過一段濃霧，又到了那個埡口，霧每次在這個地方就斷掉了。前方是一條平坦的公路，一望無際，非常清澈，過了這段路，再往前走就到王先生家了。前一陣子，幾乎每天，小吳騎著摩托車在家裡和王先生家之間往返。以前他騎警用摩托車，穿著制服，從家裡出發；現在他穿著一般老百姓的衣服，騎著放在家裡很久的破摩托車。要不是因為離開警察工作，他一輩子是不會和這台摩托車發生什麼關係的。當初他費了很大勁把這摩托車送去維修，修摩托車的人還笑他為什麼不直接換一台，他堅持要把它修好。

以前小吳在這條路來來回回不知道走過幾萬次了，上班的時候就是從有霧的地方開到沒霧的地方，回家的時候就是從沒霧的地方開到有霧的地方。直到最近他才發現原來這幾十年來他都是住在有霧的地區，王伯伯家是在一個比較不起霧的地方。

他覺得很奇怪，為什麼到現在他才發現這件事情。

路程上，兩個人都沒有講半句話，只有在開始上山的時候，小吳拿出了菸，他從裡面抽出一根給阿川，一根給自己。如果說兩人真的有講什麼話，就是把菸當成話，一口接一口互相噴著。小吳把窗戶打開來，風強烈地灌進來，沙沙的風聲沖淡彼此初見面的陌生和尷尬。

「你有辦法一個人住在這邊嗎？」到了家，小吳問阿川。

阿川進了家門，他發現屋子沒有什麼很大的變動，他原先睡的床、王先生的床和餐桌的位置都還是一樣，只是有個空間清出來放置分果機。

「王伯伯的果園我拿回來自己做了。再過一段時間就可以採收了，你可以幫我，或是你不幫我也可以，但是我希望你可以住在這裡。我每天早上的時候會來，我會在這裡煮東西吃，你可以和我一起吃，我會煮多一點，吃剩的就是你的晚餐，甚至隔天的早餐。王伯伯有和我說過，他很希望你回來。他有留一筆錢給你，現在先放在我這邊，都是你的，你隨時都可以提走，甚至你要離開的話，你可以全部帶走。王伯伯真的希望你留下來，至少待一陣子以後再做決定。他不會再回來了，你知道我的意思嗎？這個房子以後就是你一個人住了。」小吳說。

阿川進入了他另外一個生命的循環期。大部分的時間他都是深鎖著眉頭，走在家附近的樹林裡，他一圈一圈地走著，有時候他會走出岔路，走到更遠的地方，很多鄰居都看到了，一個小時前看到他經過，又一個小時候看到他再次經過，甚至一個早上你就看到他重複經過一個地方好幾次。他只是在繞圈圈，有時候圈很大，有時候圈很小。當初阿川第一次被送回來的時候，他似乎沒有行動能力，但是漸漸地，他開始銳利了起來，整個神態就像一個刀鋒一樣，雖然話不多，但是充滿了危險性。現在的他，臉上完全沒有神采，憂憂鬱鬱的。看他走在林間，你就會覺得他是一個失業在家、精神狀態非常落寞的年輕人。

和王先生相處的那兩個星期，他一點一滴地找回過去的一些記憶，他慢慢懷疑那些記憶都是他的，不是阿川留在身體給他的。王先生不在了，他尋找記憶的線索似乎也沒有了，原來拉住的那條線已經脫落了。他到處走著，希望在無意中和那條線重逢，然後沿著那單薄、容易斷裂的線慢慢回到源頭。

中午前他回到家，大部分的時間，他和小吳兩個人坐在餐桌上無言地吃著飯。有時候晚一些回去，小吳不在了，他就一個人把飯吃了。小吳能做的東西事實上不會比王先生好，只是把一堆東西丟下去煮而已，飯桌上永遠就那一鍋。

他也發現小吳變了，以前的小吳眼睛睜得大大的，對世界充滿好奇的樣子；現在小吳的眼睛也睜得很大，他張著一顆很大的眼球，你不曉得他是在看著你，還是在看著別的地方。他再也沒有把「同學」掛在嘴上，現在他講的話大部分都是直述句，沒有任何稱謂加在前面。

阿川注意到每個星期有一天吃完午飯，小吳下午的時候就不見了，隔天家裡總會多些不一樣的青菜和肉類，但是大部分東西都是現成、包在塑膠盒裡，打開就可以吃的。剛開始的時候，阿川想，可能是因為跟果園相關的事情。後來，阿川想到了老先生，他覺得小吳應該是去看老先生吧，他有好幾次想問他，後來想想算了，他覺得小吳不會告訴他的，可能就是瞪大了眼睛看著他而已。

阿川剛回來的時候，小吳讓他一個人住在王先生家。剛開始的時候小吳還有點擔心，他曾經考慮過是否要留下，搬進來跟阿川住在一起。現在他好像在幫王先生照顧著阿川一樣，他知道王伯伯非常在乎阿川，要不然他也不會把整個事情頂下來。

後來他決定他不能這麼做，他要讓阿川自己一個人住，剛開始幾天他還會怕阿川就這麼走了，阿川沒有走，雖然有幾次他來的時候阿川已經不在了，但是中午的時候阿川就會出現。現在兩個人的生活進入了非常固定的模式：他來到王伯伯家，忙著果園的事情，弄午餐，大概中午的時候阿川就回來了。其實在果園裡面真的也沒有忙不完的事情，他就是來這邊替代王伯伯看著他兒子，有時候他自己覺得不是很平衡，為什麼是他來做這種事情？其實說穿了，他還能做什麼呢？去附近的國家公園當管理員嗎？或是投入宗教事業，開始普渡眾生？但是印象中那些普渡眾生的人好像沒有像他長得這麼可怕的。

當初他想收回王伯伯的果園，做一個單純的果農的時候，他的心裡面就只想留在一個很熟悉的地方而已。每個星期三下午他都會坐三個多小時的車到遠一點的城裡去探望王伯伯，他現在被拘留在中部的看守所，每次的會面時間很短，大部分都講不到什麼東西，王伯伯變得非常蒼老了。他會提到果園，也會問到蘭花園，小吳會說：「都很好。」其實每次去所問的話、講的事情都是一些拉里拉雜、無關緊要的。會面結束以後回到山上已經非常晚了。

王先生的案子非常緩慢地在審理中，雖然王先生承認了，小吳也證實了，但是檢察官還是認為事情不是那麼單純。他們覺得阿川和這個案子一定有關係。

在現場勘驗裡，楊警官死掉的時候血噴出來的方向是朝小屋洞口噴出去的，甚至有些血跡是噴到小洞裡面。他們一直覺得這在邏輯上是有問題的，因為王先生的證詞是「他趁楊警官不注意的時候朝他頸部戳過去」，但除非王先生是在小屋裡面朝洞口往外刺，不然血是不會往裡面噴的，他們也更不會相信王先生站在小洞前面朝楊警官行兇，以如此的位置，血不可能噴到那麼遠的地方。但是他們找不出任何證據把阿川捆到大牢裡。

一年就這麼過去了。

那天夜裡，阿川作了一個夢，他把之前一個沒有作完的夢完成了。

車子緩慢地在山裡行走，剛開始時，阿川在車內看著前面的山景，他沒有什麼特別的感覺，只是感覺到這是一個熟悉的地方。過了一陣子以後，他遇到了三個獵人。他在夢裡面才意識到這是一個曾經發生在他身上，是那一個還沒有結尾的故事，這個夢的故事非常長，在夢裡，他開了一整天的車，醒來的時候他非常的疲憊。感覺上好像真的經過了一個長途旅行。

他把整個夢作完，醒來以後阿川再也睡不著了。他在屋內到處走著。他打開房門往戶外走去，他經過單軌車的棚子沿著軌道往森林的方向走，途中他看到單軌車被帆布蓋起來，很長的一段時間沒有人使用了。他走進森林，發現其實上森林那段路面，一年下來已經慢慢崩壞了，有些軌道已經脫離了原來的位置，鬆垮垮的含在山壁上。過了森林，到了斜坡草原，看到了蘭花園森林。

他走到森林入口，很訝異地發現整個蘭花園不再是一如往昔，之前警察留下來的封鎖線依然還是垂掛在原地，雖然有幾條已經斷了，但是大部分還是一樣堅強地守護著這塊土地。姊姊先生的車子被挖出來以後，土還是整堆地留在那裡，地上留了一個很大的坑，現在整個坑積滿了水，變成了一個小水塘。他往森林裡面走進去，森林裡面一片黑漆漆的，什麼都看不到，僅靠著微弱的月光施捨這片樹林。他走進蘭花園，整個蘭花園有一種腐敗的味道，他突然想到每次王先生打開蘭花園開關的位置，他走過去把電箱打開，找到一個最大的開關往上一撥，很意外地蘭花園亮起來了。

開燈後的蘭花園更是令人難以卒睹，裡面已經沒有蘭花了，所有的枝幹樹葉都垂臥在蘭花架上。

他走進小屋，裡面所有東西東倒西歪的，蚊帳雖然掛在上面，但是已經殘破不堪了。原先鋪在床板上的草蓆現在變得綠綠的一片，長滿了青苔。

他轉頭望著小洞，整個風景已經不再是一年前的風景。他還記得他站在這個洞口，王先生坐在外面吃著飯，他和王先生講關於三個獵人的夢。當初由於阿川講了一個沒有結局的夢，他心裡面還非常不舒服。他往洞口走去，看著原先王先生常在外面坐的籐椅還放在那邊，他很希望現在就可以把這個夢說完。

他在小屋待了很久，離開的時候他沒有切掉蘭花園的燈，就讓所有蘭花園的燈亮著。阿川心裡想：「總是會有人想回來吧！」

那天，三具屍體在入夜前被搬離了蘭花園，他們被裝在屍袋裡面一一地送下山。之後的幾天，蘭花園不斷有人上上下下，警方還是繼續找著他們認為可能需要的證物。不到一個星期，這個森林就沒有人再上來過了，就像是一塊被詛咒過的土地一樣，所有人遠離它，任憑它荒廢。一直到現在，阿川才算是第一個上來的人，可能也是最後一個。

有人注意到蘭花園的燈已經開始亮起來了，從山的另外一個制高點遙望蘭花園森林的時候，還可以看到亮光在森林裡面閃爍著，起霧的時候，在一片黑夜裡，你可以看到這些隱隱約約的光躲在黑夜的森林裡，似乎想找機會衝破黑暗的束縛。

沒有人敢去把蘭花園的電斷掉，也沒有人敢爬上去看個究竟，當地人開車經過山腳下的時候總是儘量加快速度離開，他們把他們看到的東西放在心裡，從來沒有拿出來討論。

後來，它慢慢被遺忘了。不知道從什麼時候開始，蘭花園的森林只是一般的森林，它跟隨著白天黑夜在改變，和別的森林無法分辨出不同。

三十三

阿川開始主動和小吳講話了。那天早上有如往常一般，他在山裡面走，還沒到中午就回來了，他看到小吳站在之前王先生燒熱水的地方，一個人獨自在那裡抽菸。阿川走向小吳，小吳看到他，又拿出了一根菸遞給阿川，阿川拒絕了，他站在小吳的旁邊，陪著小吳抽菸。這一年來，小吳遞給阿川的菸比對他講的話還多，偶爾兩個人會站在一起抽菸，但是菸抽完以後小吳總是先離開。這是第一次，阿川就站在旁邊，手上沒有拿著任何的菸，而且也是第一次，阿川主動先開口。這種兩個人無話的生活已經過了一年多了，阿川不覺得尷尬，小吳也覺得無所謂。

「你前幾天不是有去看老先生？怎麼樣，他還好嗎？」阿川說。

這一年來他從來沒有和阿川提過他去看王伯伯的事情，他有點驚訝，不知道阿川怎麼猜出來的。小吳停了很久後說道：「其實他在幾個月前就被送到療養院了，之前在那裡人家對他也不錯，只是他的精神狀態不是很好，所以被轉到療養院了。」

其實阿川也不是很清楚小吳每個星期到底是去哪裡，他有想過他可能是去看王先生，他也很早就想問他了，只是不曉得怎麼問出口。這幾天他非常煩躁，一直覺得心裡面有什麼事情想趕快去解決。

「他在那邊還好嗎？」阿川繼續問道。

「老人家年紀大了，療養院應該比較適合他吧！」

「他有說什麼嗎？」

「他還能說什麼？每次還不是都掛念東掛念西的，每次都問我山上怎麼樣？山上還能怎樣？還不就那樣嗎？」小吳面對著山，每句話都意有所指。

每次下山看王伯伯，他自己心裡面常常會過不去，他覺得自己為什麼要在王伯伯面前說謊，謊言真的可以讓人家滿足嗎？回到山上看到阿川整天在山裡面閒晃，腦袋裡不知道在想什麼，就算當初這麼聽他爸的話，多聽少講，要裝沉默那也裝太久了吧？每次王伯伯問他山上怎麼樣？他都會回答「很好啊」，但是他住在山裡一輩子，他從來沒有覺得這裡好過，他覺得這裡就是一個爛地方。但是你能改變它什麼呢？絕對沒辦法改變，山還是山。

「療養院大部分都住什麼樣的人？」

小吳轉過頭望著阿川回答道：「裡面住的應該是像你這樣的人。」

三十四

早上很早的時候，阿川就坐車下山了。他不是坐那班四點二十五分的，他是坐八點半那班往台中的方向。

當車子慢慢遠離的時候，他知道他不會再回到山上了。昨天小吳和他講的療養院都住像他這樣的人時，他不以為意，他繼續和小吳講他要去看老先生的事，小吳也沒說什麼就離開了。

早上小吳很早就來王家了，他跟阿川說：「我陪你一起下山好了。」

阿川說：「不用了。我想單獨去看一下老先生。」

小吳拿給他一筆為數不少的錢，但是他只抽了幾張。

阿川跟他說：「晚一點我就回來了。」他把路線一一抄在紙上，最後小吳看著他上車。

整個車上沒有幾個人，他一個人坐在後面看著外面的山景，剛開始的時候他還想把這些景色記到腦海裡，後來覺得，把它們記起來又怎樣呢？前一陣子在醫院的時候，他常常回想到送信老頭帶他走過的路，那條一直往上走的稜線，左邊是一個被雲霧覆蓋的大森林，他記得的不是那個景色是如何的遼闊，而是他在裡面的心情，對另外一端森林的渴望，總覺得走到那個森林以後會看到更多的事情。對阿川來說，風景不是那個所看到的東西，而是當時在那個森林裡面留下來的狀態。就像前幾天，他在夢裡面又回到了開車的那個山上，最後留下來的也不是蔓延的群山的記憶，而是在那裡面迷路、找不到出口的惶惶不安的狀態。他看著外面熟悉的山林，他實在不是很確定第一次被送回來的那兩個星期還有這一整年來，所感受到的東西是什麼。對阿川來說，這裡留下最深刻的東西往往只是在夢中而已，現實生活真正帶給他的到底是什麼？是簡單到說不出來？還是複雜到整理不出來？

其實一直到早上出門的時候，他才決定，他不會再回來了。他似乎也沒什麼行李好收拾的，縱使要收拾，小吳也會很奇怪：「為什麼你要帶行李下山？」

小吳給他錢，他只拿了幾張，似乎是要讓小吳安心：我回來的時間就像你每個星期去看老先生回來的時間一樣。這段時間他很感謝小吳，他實在沒辦法跟小吳說出口他要離開了，小吳可能會裝作一副無所謂的樣子，但是對他會是很大的傷害。其實如果他繼續留下來，對小吳也是繼續無窮無盡的折磨，那是比傷害還可怕的。

車子最後來到了城市，他依著小吳寫下的指示換了一班車。車子出了城市，一直走在平原上，沒多久就到了小吳所說的療養院。

療養院在一個算是風景秀麗的地方，經過它的時候你可能會覺得那是一個公務機關，但是你很難指出他是哪一種辦公機構，裡面大部分都是低矮的房子，似乎是日本時代留下來的建築，比較遠的地方有一些比較高的樓層，但也只是七、八層樓高而已，一位身穿淺灰色襯衫的男子引領著阿川，他邊走邊和阿川介紹院區的設施環境，整個園內幾乎看不到什麼人，這是一個非常平和、很適合了此殘生的地方。

阿川被帶到一間小禮堂，在還沒到小禮堂的時候，他就隱隱約約聽到歌聲從裡面傳出來。禮堂內有一個小舞台，一位身著白西裝的老先生和他的四人年輕樂團，在唱著一首哀怨的老歌。舞台上面有一個很大的紅布條：「慶祝九月份中秋佳節暨慶生會」，這個不大的空間裡面大概擠了三十個患者。有些人坐在凳子上眼睛茫然地瞪著前方、有些人卻是很活潑地在舞台前方跳著舞，不管是獨舞或是亂舞，或是和他的舞伴煞有其事地踩著舞步，除了少數的人看起來有些狀況之外，大部分的人看起來都非常正常，就像一般人一樣。王先生就靠在柱子上，坐在禮堂的一個角落，他兩眼平視看著前方。

「這些全部都是住在裡面的人嗎？」阿川轉頭問那位帶他進來的男子。

「對。」男子答道。

「為什麼看起來不一樣？」

「當然不一樣啊！每個人狀況不一樣，當然看起來不一樣。」男子笑著說。

「這些人要住到什麼時候才可以離開？」

「除了一些比較特殊的案例之外，大多數的人都是他們想離開就可以離開，只是看他們想不想離開而已。」

「為什麼不離開呢？」

「離開了要去哪裡？對他們而言，他們習慣這裡、喜歡這裡，為什麼要離開呢？」

「那些唱歌的也是住在這裡的人嗎？」

男子又笑了：「不是，他們是從外面來的，每年中秋的時候，他們都會來這邊表演。」

阿川看著王先生，他心裡在想，王先生會不會對這個聚會感覺到無聊。阿川實在不明瞭那位男子講的「習慣這裡、喜歡這裡」，他可以體會到「習慣這裡」的意思，但是他不明白那個「喜歡」到底做何解釋？這段時間他這裡、那裡來來去去的，他從來沒有喜歡這裡、喜歡那裡過，他只有習慣而已，習慣自己在一個地方待久以後身體所散發出來的一種酸臭味。他又看了那位穿著白西裝唱歌的先生，那位先生頭髮已經捲得像釋迦摩尼一樣了，臉非常白皙，但是仔細看他臉上的皺紋，應該不下八十五歲了，雖然聽眾的素質沒有很高，但是他還是非常自得其樂地唱著。一首歌唱完也沒有人鼓掌，大家忽然停下了舞步，回到了椅子上，過了沒多久另外一首音樂又響起，同樣一些人從椅子起身。他們真的喜歡這裡嗎？應該是他們已經沒有選擇了，只能想辦法習慣這裡吧。

阿川最後被男子帶到王先生住的地方。其實他當初來到療養院的時候，他一直覺得王先生是被關到一間一間、有鐵欄杆還有厚重鐵門的監牢。但不是，他進到王先生的房間，地上鋪了木頭地板，上面放了四個床墊，其中有一個床墊上面放了「王天佑」的名牌，阿川往房子裡面走去，過了一個門，裡面就是廁所以及一個半戶外的洗衣、曬衣的地方，廁所就在盡頭的兩邊。男子看著阿川在裡面徘徊不走的樣子，他忍不住了。

「你要我帶你去會客室見你父親嗎？」

「我可以留在這邊等他嗎？」

男子非常猶豫地看著阿川，似乎在他的經驗裡，會客有一定的流程、一定的地方，但他最後還是答應了。男子走了以後，阿川在整個室內很仔細地看著裡面的設施，他很高興王先生能待在這個地方，當然這個高興是來自和他原先預期的差很多。

王先生很快就過來了，兩個人尷尬地面對面，話都不知道怎麼開始。

「在這邊還好嗎？」阿川最後自己先說了。

王先生都不知道看哪裡，他左看右看，似乎很怕看到阿川的臉。

「還好啊。」王先生回答。

「山上還好嗎？」王先生很快一句話又接進來。

「還好。」阿川也很快回答。

「那些蘭花呢？你們知道怎麼做了嗎？」

阿川不知道小吳怎麼和王先生講的，每次來都欺騙他，和他說蘭花園依然存在；還是他已經很明白地告訴王先生蘭花園已經不在了，只是王先生早就在心裡重建了蘭花園，不管你怎麼說，蘭花園永遠都是存在的。它存在於謊言裡，也可能存在幻影裡，但是不管怎麼樣蘭花園就是存在著。

「知道了。小吳都一直幫著我，而且果園也收回來自己做了。」阿川很直接地回答。

「蘋果開花的時候，你們要小心保護它，讓它不要受到風寒，花掉了以後什麼都沒有了。還有要上山檢查水源的時候，你們要兩個人一起去，不要像上次老孫一樣，掉到山谷裡都沒人知道。還有防蟲要注意……」王先生開始打開了話匣子，他一直講個不停，但是他的臉就像是沒有家具的空房子一樣地冷清寂寞。

阿川看著他一陣子，突然把話插進來了。

「你還記得我上次和你講的那個夢嗎？」

「什麼夢？」王先生好像從他的自言自語裡面突然清醒過來一般。

「就是我上次和你講過，我在山上開車的故事，前幾天我又再作了一次這個夢，而且把整個夢作完了。」

「什麼意思？」

「我前幾天的夢就是從被打斷的地方接下去的。」

王先生突然安靜下來了，就像黑夜的山林裡面一樣，他安靜地看著阿川，他聽不懂什麼是接下去作的夢。他仔細看著眼前的年輕人。

「我上次跟你說，我開車開到一半，遇到三個拿著獵槍的人想搭我便車，我那時候問你，如果是你，你會給他們搭嗎？會嗎？」阿川看著老先生等待著他的回答。

「不會。」王先生很緩慢地搖頭說道。

阿川看著王先生許久。

「最後我還是把車停下來了，讓他們上車，一路上這些人都沒有講話，坐在旁邊的人還一直看我，我很緊張，不知道他們會對我怎麼樣。但是走了一段路之後，前面山崩了，路上堆滿了土堆及大石頭，這三個人下來幫我忙，很快的把路清乾淨了。你知道嗎？如果沒有他們的話，我一定會被困在那邊。」

阿川似乎心有餘悸，他沉默了一會後，繼續說道。

「過了一段路以後，這三個人就下車了，他們下車的時候笑著告訴我，前面再走一段路就到了出口。那是一段很長的路，我從太陽很高的地方開到太陽過了山頭，我還是沒有找到出口。突然間，我看到一個小孩子在前面走著，我把車停下來問他要去哪裡？他說他迷路了，我叫他上車，在車上，小孩非常安靜，我問他從哪裡來的？要去哪裡？他說他要回家，我問他叫什麼名字。」

王先生聽到這段話的時候，他整張臉都垮下來了。他雖然不是很清楚這個故事裡面到底在講什麼，但是他想到了小芸、女婿和楊警官，那死掉的三個人和那三個獵人有什麼關係嗎？難道那死掉的三個人是帶阿川走過他人生最迷惘的那段路的人嗎？

如果是這樣的話，那生命的價值到底在哪裡？

王先生看著眼前的年輕人，他等待著阿川的下一句話。

「那小孩告訴我他叫阿川。」

王先生看著眼前的阿川，他突然想起了很久以前曾經駐足在小屋洞口那張小孩的臉，那張茫然不解的臉。

王先生心裡面真的很想問眼前的年輕人：「你到底是誰？」他忍住了，他把這個問題寫在臉上，露出了一個苦澀的表情，是把一輩子骾在喉嚨的那種表情。

新人間叢書221

失魂

作者—鍾孟宏
主編—嘉世強
編輯—黃嬿羽
美術編輯—鄭燦昱
責任企劃—林貞嫻
校對—鍾孟宏、陳錦生
董事長
發行人—孫思照
總經理—趙政岷
出版者—時報文化出版企業股份有限公司
10803台北市和平西路三段二四〇號三樓
發行專線—（〇二）二三〇六—六八四二
讀者服務專線—〇八〇〇—二三一—七〇五
（〇二）二三〇四—七一〇三
讀者服務傳真—（〇二）二三〇四—六八五八
郵撥—一九三四四七二四時報文化出版公司
信箱—台北郵政七九～九九信箱
時報悅讀網—http://www.readingtimes.com.tw
電子郵件信箱—liter@readingtimes.com.tw
法律顧問—理律法律事務所　陳長文律師、李念祖律師
印刷—盈昌印刷有限公司
初版一刷—二〇一三年七月十九日
定價—新台幣二八〇元
⊙行政院新聞局局版北市業字第八〇號

國家圖書館出版品預行編目（CIP）資料

失魂 / 鍾孟宏著. -- 初版. -- 臺北市：時報文化, 2013.07
面；　公分. --（新人間叢書；221）
ISBN 978-957-13-5790-4（平裝）

857.7　　102012869

ISBN 978-957-13-5790-4
Printed in Taiwan